再遇,
另一个印度

张云 ○ 著

线装书局

图书在版编目（CIP）数据

再遇，另一个印度 / 张云著. —北京：线装书局，2015.5
ISBN 978-7-5120-1796-2

Ⅰ．①再… Ⅱ．①张… Ⅲ．①游记－作品集－中国－当代 Ⅳ．① I267.4

中国版本图书馆 CIP 数据核字（2015）第 070728 号

再遇，另一个印度

作　者：	张　云
责任编辑：	崔建伟　宁　静
装帧设计：	张　云
出版发行：	线装書局
	地　址：北京市西城区鼓楼西大街41号（100009）
	电　话：010-64045283　64041012
	网　址：www.xzhbc.com
经　销：	新华书店
印　制：	北京市玖仁伟业印刷有限公司
开　本：	710mm×1000mm　1/16
印　张：	15
字　数：	167 千字
版　次：	2015 年 6 月第 1 版第 1 次印刷
印　数：	0001—6000 册

定　价：39.00 元

目 录
CONTENTS

初识加尔各答的疯狂
印度情结 /001
另类的加尔各答 /003

菩提伽耶遇见佛
犯二青年乘火车 /006
佛陀灵转千年 普度众生 /007
幸福密码 /010

恒河边的生与死
想家，首先从胃里开始 /013
火葬场里对生命的敬畏 /015
世俗与神明同在 /017
你谈论的资本，就是你经历过的事 /019
瓦拉纳西的每一天都是节日 /022
千年深巷里的留恋 /024
不断重遇的缘份 /026
苦行僧大聚会是怪异博览会 /028

目 录
CONTENTS

回荡在千年古堡外的古典音乐
古典音乐世家 /032
触摸古堡的沧桑 /035

最悲凉凄美的爱情故事
早餐料够猛 /037
泰姬陵与红堡彼此遥望的悲情 /038
印度魔术不魔幻，慢半拍 /041

在家族清真寺打酱油
不是不好吃，而是没吃过好的而已 /045
情谊三杯茶 /048
主麻日聚礼 /051
穆斯林孩子的狂欢节 /053

动物生活的天堂
事物的作用都是双向的 /059
大师也需要从菜鸟起步 /060

信仰是一种无悔的坚持
最贴心的金庙 /067
有吃有住我更舍不得离开 /068
降旗仪式堪比球赛 /071

目录
CONTENTS

不期而遇也会有跃动的惊喜
身在异乡随处都是体验 /074

最质朴纯真的待客之道，最温暖人心 /077

在克久拉霍，遇到一位穆斯林先知
这世界依然美好 /079

痛哭，因为真实的自己再也无处躲藏 /083

越模糊越遮掩才越要探究 /087

一抹淡粉诉柔情
有花的地方就容易有笑容 /088

不自由，毋宁死 /090

把灵魂融入细密画 /092

世间所有的相遇，都是重逢的循环
油画乡村 /095

宝贵的缠绵之所 /098

下一站去日本 /101

穿越到中世纪看长袍缥缈的风华 /104

孟买是印度的大上海
重口味的火车站 /107

这里依然是印度 /110

目 录
CONTENTS

看电影差点吓尿 /116
时尚大都市少了创意展 /117

城市洗衣场里的首陀罗
根深蒂固的种姓制 /123
消融在污水里的职业 /124

佛国的洞穴艺术
懂得放下才会明白洒脱的意义 /129
他，是幸运的 /130

因为空谷传声的美好体验，所以我对佛教有所偏爱
吸血鬼般的蚊群 /136
跟着感觉走 /137
荒野中震撼心灵的力量 /139

那一场葡萄牙式嘉年华盛宴
果阿特别有国际范 /147
在异国过的第一个春节 /152
造化弄人 /157

目　录
CONTENTS

貌合神离的印度婚礼
爱情没有国界 /159
缘份是浅浅的线 /161
我们需要处变不惊的心态 /164
貌合神离的印度婚礼 /166

不仅有少年派，还有乌托邦理想国
知苦方懂乐 /172
个个都是天才绘画家 /173
有包容就有实现的可能 /179

搂着神牛说悄悄话
欢乐多寺庙 /183
信任是缩短心理距离的最好媒介 /189

为神起舞
没落贵族般的博物馆 /191
旅行是在别处生活 /193
与神共赏一场舞 /196

匆匆一瞥，尽是留恋
寻找巨石 /199
集市见闻 /203

目录
CONTENTS

无声胜有声才最幸福
不可避免的骚扰 /204
无声胜有声是最暖人心的幸福 /205
田园风光里的佛教圣地 /206

城堡墙上的那31个右手印
在大家族，快乐也是翻倍的 /208
蓝城不忧郁 /209
身同焚者以表忠烈 /212

沙漠里最美好的体验
你必须得退钱 /215
恰巴提变成黄沙饼 /218
我见过的最美星空 /220

12年一次的大壶节
美白霜，赤裸裸的欺骗 /223
既来之，则试之 /225
再见，印度 /228

初识加尔各答的疯狂

印度情结

几年前办护照时,工作人员要求填写第一个要去的国家,那时,我毫不犹豫地写下了"印度",潜意识里对这个国度的向往由来已久。

2012年,经过五个多月的异国漂泊后,终于要进入这个国度了。

从缅甸仰光到加尔各答的班机在菩提迦耶经停,机舱里只剩我和三位乘客前往终点。脑海里不断盘旋着在曼谷青旅听到的各种版本的印度故事,虽提前已给自己打过了预防针,但因为没有任何攻略,对此处一无所知的我,心里满是忐忑。

晚上八点到达机场,也许在东南亚几个月的锤炼有了结果,脚着地的瞬间像是接了地气心里有了底气,定一下神,抹一下鼻子,一副兵来将挡水来土掩爱咋咋地的架势。理清思绪凭着经验先找到机场的出租车中心,黄色甲壳虫似的出租车在门外零乱地混杂在一起,司机们正在扎堆聊天,混乱的人群见我朝着他们走去,于是集体跑过来,团团围起我,争相看我攥在手里的单号,果然乱啊,一

时间有些昏了头找不着方向,所幸一位司机看到了自己的车号,拽我到车厢里,终于有了说话的机会,这才打听起住宿的问题。

在印度有一个特别方便背包客之处,便是大多数城市都有一个区域,集便宜住宿、饮食、购物于一体,而且距离主要的景点都不太远,帕哈干区是加尔各答的背包聚集地。马路上的车辆和行人都无视规则按自己的意愿行走,有的地方大巴和小车挤成一堆,

我的司机师傅就是处在这种状态,他硬是把玩具般轻薄的车体开得像游在水中的鱼,在一团乱麻里左拐右转见缝插针,有时还像疯了般大声咆哮,几乎能和大巴车搂在一起了。有时候他又直接把车子开到人行道上,在行人中间急速行驶,坐在后座的我张大嘴巴,满脸惊恐。伴随着颠簸的车身,我在座位上来回摇晃,嘴里不住地提醒司机"slowly, slowly",我自说自话,司机我行我素,从机场到帕哈干区的那段路,简直就是坐了一段过山车。

另类的加尔各答

在加尔各答的第一天早晨,印象里到处都是刺鼻的味道。印度的男人似乎不能控制自己,厕所就是街巷露天里半个成人高,两个手掌宽的墙,即使在冬天的低温下也到处弥漫着浓浓的尿骚味,而隔几步却又是各种小吃店,恰巴提(一种面饼)还烙得正热乎,飘着面香的清甜。与后来遇到几位中国中年游客说起

◆黄昏夕阳的柔光里,文艺复兴式的维多利亚纪念馆,像一位阅历丰富的女子,优雅淡然

这种现象，他们说这像极了中国四五十年代的样子，因为普遍如此，倒也见怪不怪了。另外，在街道上行走也要时不时低头注意满街的牛粪哦，这种被印度人视为神灵的动物逍遥地漫步在大街上，其制造的污物一不小心就会给你带来好运。既要注意混乱交通里的危险，又要避开地上的污物，还要忙着收集各种新奇玩意儿，我一时间觉得自己手忙脚乱。

◆简陋环境中流露着热爱生活的点滴细节，是印度首先带给我的感动

In another India

　　距加尔各答博物馆不远处的维多利亚女王纪念馆，在建筑上结合英国、印度、意大利以及伊斯兰建筑的精美，不但内部藏品极其丰富，装饰极尽奢华，而且门外巨大的花园也绿荫葱郁，青草茂密。花园里三五成群的当地人在草地上休憩野餐，湖边坐椅上的情侣在夕阳余晖里低声耳语。我漫步在鹅卵石小径上，看着干净整洁的建筑，再回想起刚才的景象，有种身在异国的错觉。

　　黄昏夕阳的柔光里，文艺复兴式的维多利亚纪念馆，像一位阅历丰富的女子，优雅淡然！

　　从这里再回到前往德蕾莎中心的这些街市，我又被扔回印度了。路两侧五颜六色的房屋，一道道窄门里都是黑洞洞的逼仄空间，巴掌大的地方，挤满了理发店，炸食小铺，杂货店，门前下水道里淤堵的粘稠的黑色污泥散发着恶臭；小吃店的伙计把用来捣碎土豆的大圆铝盘放在窄窄的水泥道上，听着音乐哼唱，忘情地工作着，对面的水井边，几个赤着上身的男人用刚打上来的水慢慢地冲洗，身边堆满了脏衣服。寒风里，我穿着厚厚的棉衣站在旁边，脸上被臭气不断熏着，脑子里却是被这些人的自在状态激起的困惑。

　　在印度的第一站，我的感觉就复杂起来，那么新奇又那么有冲击力，还混杂着许多说不出的惊讶。

◆街边的艺术家

菩提伽耶遇见佛

犯二青年乘火车

曾在一本杂志上看过一组中国五六十年代火车旅途生活的纪实照片，印度火车的简陋风格就是它的翻版，赤裸裸的绿皮床板没有铺盖，也难怪印度人出行都随身带着毛毯了，等车时席地而睡，上车可以裹着取暖。

到印度三天后去菩提伽耶参加法会，第一次坐印度的火车，就被自己的窘态弄得哭笑不得。卧铺车厢的最上层用两条细钢板悬挂，最下一层和国内的火车一样固定，中间一层我却不知在哪里。瞅着空空的车厢和坐满乘客的车铺，一时无所适从。突然，我看到几个突出的螺丝钉以及被拧过的破旧的痕迹，心里暗自感叹，别看印度这么穷，火车系统还真像传说中那般高级，难不成床板都藏在挂壁里？我伸手就去拧这四角的螺丝钉，坐在对面的几位印度乘客先是诧异地盯着我看了几秒，明白我的意图后顿时爆笑起来，我一脸窘态地愣在那里。挤着的乘客好不容易平静后，才起身指着靠背支支吾吾地告诉我——这才是中间的床，要用垂在上铺的两条铁链钩起。

蠢到极致,唉,真是让人头疼!我慢吞吞地爬上床,冷得蜷作一团。

佛陀灵转千年 普度众生

印度北部的冬天像中国南方的天气般潮湿阴冷,大雾弥漫。与火车站偶遇的清,坐着突突车向菩提伽耶驶去。在能见度只有一米的路上,借着太阳升起时穿过雾霭发出的橙色光芒,近距离内可以

◆ 佛前无数次叩拜,只为心灵的安宁和顿悟的瞬间

◆走得再远，越不过因果缘

看到披着大围巾的影影绰绰的印度人，匆匆瞥过一眼，这种意境美一直印在脑海回味至今。

仔细想来，数码相机在某种意义上只能算是一种记录，真正的美是永远也无法被固化在存储卡里的。

清已是入教的信众，而我则对任何宗教信仰持有固执的怀疑态度，走近它们了解它们都是好奇使然。当我们从中华寺匆匆赶到法会已经迟到了三个小时，只见穿红色僧袍的僧人以方形队列密集，在法王的带领下一起吟诵。除僧侣外，还有半数人是从世界各地聚集到此的家庭信众，我怯生生的，唯恐打扰到那份神圣。

从后面信众的缝隙里找空位坐定，微闭眼睛。不一会儿，就感觉僧侣们从腹部发出的呢喃吟唱在我周身环绕，一圈又一圈地回转，仿佛置身于一望无际的寂静旷野里，四面环绕的声音有种震荡人心的冲击力，崇高而庄严。

在德格寺的活动总共七天,我每天都按时按点地到寺庙后面的临时场地听人念经,还有法王的教诲。其中一天的行程是为信众归一,传授菩提心戒。先从工作人员那里领取加持过的圣水,清洁口腔轻点头顶,然后盘腿坐定,随着法王浑厚的吟唱,我明显地感觉一层层旋转的磁波,由腿上升到头部,然后再渐渐旋出体外,一遍又一遍,似乎在这个过程中,身体得到净化和升华。我虽不明白宗教仪式的含义,但在好奇心的驱使下却实实在在地感受到它的不可思议。

每一种宗教都有它的独特性,用包容而不带偏见的心态去体验和感受它,才会理解无数信众追随它的原因。

◆ 万事皆空,一切的存在皆非永恒

最后三天的活动是在最负盛名的大菩提寺举行。宛如剧场的凹地中间,是由蜂蜜色石块建成的180多米高顶端逐渐成锥形的正觉塔,塔的四周有许多较小的殿堂和供奉圣物的钟形佛塔。我在活动的前一晚来参观过,信徒们络绎不绝地向塔内的佛像朝圣,窸窸窣窣的低语声伴着脚步声,一波又一波缓慢而虔诚地绕塔而行。他们在菩提树下希望自己能有所开悟,并祈愿佛祖能给自己一个长寿而幸福的人生。

法会在正觉塔举行的第一天,凹形的庭院的外围坐满了信众,有序而耐心地等着在扛经绕塔时能一睹法王的尊容。在绕塔的环节中,第一次见到藏传佛教的盛装和习俗,和许多在国内看不到的场面。

据说,一个人只要有机会亲见法王,听闻他的话语或仅只是知道他的生平,就已经种下这个人智慧的种子。我有幸见到他,敦厚的身体,气度威严却透着亲切,对视中他的眼神深邃幽远。第一次见到这种目光实在令人震惊,那是一种能洞穿人心,看透本质的力量,灵转千年,普度众生。

幸福密码

印度的贫困学校多如牛毛,在菩提迦耶的小镇上就有好几个。其中一所学校是一位值得敬佩的法国女士来此兴建的,定量只招收80名学生,按年纪分成五个班级,毕业后就可以自食其力养活自己。我受一位名叫Nabi的老师之邀买了些糖果去看望他们。轻声推门进入小班的教室，稚嫩的脸庞上一双双大而明亮的眼睛齐刷刷地转向我，随之便是热情的欢呼和笑脸。

来之前，清反复嘱咐我要多加留心谨防被骗，但看到这些孩子的刹那，我知道自己多虑了，也许有人会想这是特意的安排或者预设的表演，真与伪在孩子的世界里是极易分辨的。Nabi 把我介绍给学生们，然后带我去更高些的班级参观并分发糖果，每一个班级的学生的笑脸都那么灿烂。

怕影响孩子们上课，我特意坐在最后面，孩子调皮的天性在这时又冒出来了。他们不住地回头，有的女孩比较腼腆，偷看一眼暗自窃笑。十几分钟后，学生们全然不顾讲课老师，纷纷涌到

◆贫困学校的孩子们

我的面前，问我是否可以讲课，画画？教英语？唱首歌也行。这时我才发现自己是多么一无是处，有一项特长是多么重要，窘到不行我只能傻傻地笑笑。还好，教室有羽毛球和跳绳，我们一起单打、双打，直玩到大汗淋漓才尽兴。

快乐的时光总是短暂的，当我说要离开的时候，他们执著地反复询问，是否可以再陪他们玩一会儿，是否我还会再来，什么时候再来……他们争先恐后地再次告诉我他们各自的姓名，孤单的孩子总是害怕被遗忘，这种恐惧在心里深深地扎了根，此时的我不敢做出任何承诺，挨个拥抱他们后坐上了Nabi的摩托，连头也不敢回。

晚饭时与Nabi聊天，问他喜欢自己的工作吗？他说，虽然每月只有200卢比的生活费，可他非常喜欢自己的工作，和孩子们在一起，你会发现自己每一天都会被灿烂纯真的笑脸所感染，激起心底的快乐。然后他反问我，生命里有快乐不就足够了么？我看着他，这句话回味了好久。

需要的越少，越容易满足，这就是幸福密码。

恒河边的生与死

想家,首先从胃里开始

印度的突突车司机总是自以为是地带你去他可以赚取中间费用的地方——guesthouse,哪怕你强调多次自己的目的地,也总被带到不同的地方。虽然到达之前已有很多朋友告诫,但自己还是不可幸免。

从火车站到恒河边的车程大概要半小时,笨拙的小黄车在小巷里随着颠簸的窄路左摇右晃,天色将黑,除了担心被骗,更多的则是对自身安全的担心,坐在后座心里就开始盘算,如何应对可预想的突发状况。火车站到河边的路程因为忐忑和害怕,距离被拉得格外远,当司机停车后我迅速拖着包跳了下来,看到满院的欧洲游客和几个大声用汉语谈笑的同胞,神经顿时松懈下来,身体也随之瘫坐在椅子里。

安排妥当后,才开始吃今天的第一顿饭。我跟坐在对面的一位来自上海的60多岁的大叔闲聊,听他讲自己的旅行故事,以及遇到突发事件时的神奇经历。一辆折叠自行车,甚至都不懂英文,他

独自骑行了多个国家,我顿时觉得自己逊毙了,相比我这年轻人,这位老人更让人佩服!

托大叔的福,旅行几个月来,第一次吃到中式饭菜,两人搭伙做饭,喜气洋洋地做起了土豆羊肉、洋葱土豆片、清炒豆荚和蛋炒饭,对当时的我来说,这可以算是盛宴了。

我有些想家了,首先是被胃勾起的。

后来因为生病,自己买了一个烧水的不锈钢杯开始煮米饭,住所的老板很温和,同意让我免费使用他们的厨房。因为印度人食素,很少用刀,他们的菜刀就是一把磨薄的加了柄的铁片,切洋葱土豆还算管用,只是我实在不习惯,"削"这个动作搞得我很狼狈,半平方的台子上到处都是洋葱片,薄厚不均还被熏出两眼泪水。厨师出身的老板站在后面长长叹了口气,默默地接过我手中所谓的刀,切菜、生火,帮我炒成印式的糊糊饭,哪怕我觉得口味一般,却也不敢挑剔了。伴着自己烧的满是糊味的米饭,这样连续吃了好多天,直到离开瓦拉纳西。

◆对久未吃中餐的胃来说,这已经算是豪宴了

白水煮鸡蛋也变成了美味，每天煮几枚打发肚子，我自己还试过西红柿炒蛋，味道还不错！每天去买菜，卖菜的大叔也记得我了，看我走来，笑问买什么菜，比起其他小贩，我对大叔实在颇有好感。每天在固定的位置，老顾客真不少，哪怕再微小的生意，温和的态度总是容易让人产生信任感。

火葬场里对生命的敬畏

来到瓦拉纳西的前两天，有大叔的陪伴晚上也能放心出行，除了看每天的祭祀表演，在纷乱的街上也敢大胆地穿梭起来。人的死期没有定时无法预测，所以恒河边的葬火不分昼夜地燃烧着。在河岸边来来回回散步，每每经过焚化场都要驻足片刻，从架起尸体直至焚化成灰，像是在看生命的巡回演出。

印度教徒死后，男尸以白布、女尸用彩色纱布包裹成木乃伊状，然后盖上镶金线的黄红绸缎，被四五名大汉以竹架抬到焚化场的木柴堆旁，在婆罗门举行一番仪式后，便可以火葬了。升腾的火花浓烟混合着的空气中弥漫的木柴香料气味，最后连同骨灰一并倒入恒河，岸边已经堆积了许多黑灰色物质，水面上飘浮着的鲜花，偎依岸石，徘徊不去，像喧嚣演出结束后的余音，倒有几分凄美。

未曾见过火葬的人，一定会觉得现场很惊悚。我曾问过许多从印度回来的朋友同样的问题，他们与我的感觉一样，更多的是对生命的敬畏而非恐惧。无论什么样的人生，终究化成一捧青灰，看得清反而想得透，何惧？！

  人生已过大半的大叔在几堆葬火前轮流观看，感触颇深，继而意味深长地叹息道："人这辈子不过几根木柴一把火，看开就好！"而后竟拿起一根木棍捅了一下其中一堆火，尸体仅剩下一双白布裹着的脚，随着棍子的移动，还可以感到双脚略微的肉感和弹性……

  比起大叔来，我似乎没有那么感伤，除了看渐渐变灰的尸体，更关注站在台阶上家属们的表情。他们坐在一起聊天，年轻一些的

◆ 无论什么样的人生，终究一捧青灰，捱不住追问

还捧着零食，火光映着脸，一片通红，他们的脸上没有悲苦，只有淡淡的平静。

印度教认为，人的死是一种超脱，是对生的延续，是进入另一个极乐世界的方式，是通往天堂的门票。通过在恒河边的洗礼焚烧，再随着流动的河水，去往另外的世界享乐，所以家属的表情才会这么淡然。这与中国的生死观截然不同，我们应该学习一下印度人对待生死的方式，对死有客观而真实的理解，才能领会一生的感动，生活的意义。

世俗与神明同在

夜祭是每晚准时在恒河边由婆罗门徒主持的庄严的宗教活动。暮色降临，一排排伞下着装考究的祭师们，随着一声声"叮叮当"的铜钟声，开始用各种法器在四个方向轮番唱诵祈祷。海螺低沉，香烟弥漫，在黑灰的天色里，一切显得迷离而神秘。信徒们安静地注视着，希望自己的虔诚能通过音乐献给神明，祈求庇佑，祭师们像信使般念念有词地

◆ 与神明同在

专注地完成自己的使命。

在人群中有一位年轻女孩,看着她双手合十目不转睛的神态,我突然间有些恍惚和惊叹!那是我从未见过的敬仰的目光,带着一丝柔弱的虔诚,坚信不移,坚定而执著,我注视了她很久很久。祭祀快结束时,祭司们站成一排吟唱,所有人都站起来挥舞双臂,表达对恒河的赞颂。我把祭师给的花瓣撒入恒河,捧一掬圣水,点一盏花灯,许一个心愿,希望印度的神明也能感知我!

身在印度,入乡亦要随俗。

从喧嚣的祭台赶回西岸的住所,越走越寂静,是那种让人能沉静的安宁,几个苦修者分别坐在不同的台阶上,面对着恒河微闭双眼沉思冥想。这里是一个矛盾而和谐的地方。恒河岸,生与死同在,喧闹与寂静同在,世俗与神明同在,我对这里有种说不出的喜爱。

你谈论的资本,就是你经历过的事

在路上遇到的每一位曾来过印度的旅人都告诉我——来印度,不生一场病是不正常的。在瓦拉纳西的第三天,我真的就变得不正常了。

大叔前一天向南出发要去斯里兰卡了,我没饭吃只能在外面凑合着吃点咖喱糊,又尝了块发腻的奶制甜点。隔天早晨肚子就开始有反应了,轻微的腹泻,只是比平时多跑几趟厕所也就没太在意。我继续到恒河边散步晒太阳,顺道看烧尸。可是傍晚的时候,不但去厕所的次数变多了,而且感觉头重脚轻,浑身乏力。大叔离开前给我的几片止泻药原本只是用来预防的,这会儿还真的应了急。昏昏沉沉摇晃到住处,咕嘟咕嘟地用矿泉水把药品冲下,爬到床上,蜷着身体,捂得严严实实,想着睡一觉就没事了,以前在国内通常都这么干。

躺下的两小时内,感觉头开始发胀,翻个身脑都疼,全身像是插了电的烙铁般滚烫滚烫,洒点水指不定也能冒几股白烟。手忙脚乱地揪出随身携带的温度计夹在腋下,40摄氏度!我被自己吓着了,身体软绵绵地摊在床上,温度计拿在手里眼泪止不住地往下流,抽抽咽咽地像是在演苦情戏,更何况今天是新年,外面到处在热闹地迎新,而自己却发起了高烧。

越是烧得严重,脑子就越发不由得开始胡思乱想,各种小事在这个时候都被自己无限放大,无比煽情。趁意识还清醒,擦了眼泪

强撑着起床拉开门，把院子里的服务员招呼到跟前，嘱咐他说："明天早上，如果超过八点不见着我出门，麻烦来敲一下我的门。"小伙子瞅着我，愣愣地点了下头，估计心里想着这姑娘不会是想不开自寻短见吧。

　　回国后重翻自己的日记，看到这一段，再回想起当时的情景，忍不住"扑哧"笑出声。这也是写日记的好处之一，当真实再现时，站在旁观的角度看自己，更能了解自己的品性。

现形了吧，女汉子？愈是表现得坚强，有时候其实不过是为了掩饰自己的柔弱。

转身关上门准备再接着睡，心想也许是药效还没有发挥作用吧，迷迷糊糊又过一会儿，还是决定去药店再换个药方。向住所的老板询问附近最近的药店，他关切地问起哪里不舒服，前两天的中国大叔去哪儿了……本来忍着的泪水又奔涌了，边哭边很委屈地回答，老大爷慌了神，忙派个小伙计陪我去药店，一路上我还忍不住地抽泣……

在其他国家的几个月，每次出发时背上包的瞬间我都觉得自己像个斗士，内心激情无限，昂首阔步地向前走，大有天不怕地不怕的豪情，相信任何困难都可以有办法解决！可当真在异国生病时才发现，自己坚忍的背后，竟是如此不堪一击的脆弱。生病的时候才发现，自己是如此害怕失去和不舍；平常故作坚强，生病时就被打回原形。以前有位好友说起自己如何怕死，总是被我和他人嘲弄，说死有何惧，谁不都得经历？！

当我在恒河边看了那么多的死尸，我对生活表现得更加留恋，也许是因为我在异国他乡没有亲人陪伴的缘故吧！

只有真正经历过的人，才有谈论它的资本。

◆新年第一天，街道上还有昨晚欢庆的痕迹

我没有经历过死亡,此时才明白对友人的嘲弄,原来是出于自己的无知。

　　三颗小药丸下肚,第二天早晨就精神了许多,印度的药效果然名不虚传,我站在院子的太阳下,大大地伸了个懒腰,自言自语一句——没病真他妈好!小伙子听不懂我讲中文冲我傻笑,然后大声说"Happy new year"。

　　嗯,买菜去了,今天是新年的第一天!

瓦拉纳西的每一天都是节日

　　恒河的台阶就像是一个丰富多彩的舞台,来来往往的人群上演从不重复的戏剧,演员也从不雷同。所以在那里的十五天,像着了魔般每天总要去台阶上坐一坐,晒晒太阳,注视河岸上的人,看发生在他们之间的趣事。

　　正是放风筝的时节,许多游客兴致盎然,在印度小孩的帮助下把风筝放上天空,手中的线轴不停地转动,微风把风筝吹得好远。风筝多的时候几乎要遮住头顶的那片天空,吹乱了还会缠绕打结,放风筝的人群头抬得脖子发酸脚发软还不住地扯线,有的是为了飞得更远,有的是为了挣脱纠缠,熙熙攘攘的场面就像是风筝节。

　　在台阶上喝杯奶茶,再慢慢拾阶而上,去市区溜达。迷宫般的巷子有很多出口通往主路,但不能刻意去找寻特定的方向否则就会迷失在巷子里。就像生活一样,越想分清一团乱麻就越会适得其反。习惯了随意,也许还能收获惊喜。

◆队伍前的鼓手为了等后面的队伍，便聊起天来，轻松散漫到极致

刚走到巷口就听到吹吹打打的声音，探出头后发现，一群吹奏着各种乐器的当地人在队伍前面缓缓行走，我自然好奇，从路边的行人里挤到队伍前面不停抓拍。

印度人特别大方，看你举相机也很配合地摆 pose，拉着同伴招呼你，嘿，come on，再来两张！

整个队伍好长，乐队、诵经的妇女团、华丽的大象和白马、做工精美的巨大神龛以及有军车护送的装扮高贵的婆罗门，四个梯队拖拖拉拉有几百米长。前面的乐队走得速度很慢，还时不时地需要停下来等着后面的队伍，有的甚至坐在路边喝起茶吃起了饼干。看似隆重的节日，他们表现得却这么随意，印度人将这种闲适和淡然

发挥到了极致。

我闲来无事便和他们一起等着,喝茶闲聊问起今天是什么特别的节日,他们微笑着回答我。

在瓦拉纳西,每一天都是节日,要好好享受自己的快乐。印度人就像一本生活哲学,无论走到哪里遇到什么人,无处不在地向你讲述细微而生动的实用道理。

千年深巷里的留恋

河岸的景象是丰富的,除了喧闹、宁静、怪异,还有许多无声的爱心。不远处有两位欧洲游客在小船边做什么呢?双手似乎在托着什么东西。走近一看,是一条几个月大的小狗,奄奄一息,两个高大威猛的壮汉守在小狗前,动作轻柔地喂药呵护,画面温暖而感动。冬天的街头或河边,有许多乞丐衣不蔽体瑟瑟发抖,但也有许多山羊和小狗穿着衣服在台阶上欢快地蹦跶,印度有很多常见而奇怪的现象,这便是其中之一。

瓦拉纳西是世界上最古老的城市之一,我觉得它是印度文明保留最完整的地方。就像我对恒河着迷一样,依岸而建的迷宫般的深巷也像磁石般吸引着我,没有地图,只能凭着感觉曲回迂转。下午时柔和的阳光折射在窄巷里,照出迷亮的光晕,有时从亮光里还会出现过路的随意披着米色大披巾的印度人,我站在另一端有种穿越的错觉,晚上昏黄的灯光在窄巷里又形成一种暗调,幽幽的像王家卫电影里的迷离和恍惚。不过,晚上的时候单身女孩千万别独自在小巷里徘徊，安全最重要，最好与三两旅客结伴同行，除了遇见中国大叔的那两天，其余几天我几乎天天都早早回到住处。

在巷边有许多卖榨鲜果汁的小推车，每杯20卢比，百分百新鲜橙汁！怎么也忍不住干渴，就大口大口地喝上一杯，然后用随身的水杯再打包两杯，再心满意足地接着逛巷子。印度的熨斗还是靠烧煤块加热的，简易的熨衣板上"哧哧"地冒着青烟，走过时还能闻到炭火味，2卢比一件，真是便宜至极。小巷里还隐藏着许多手工作坊的高人，我在一家木偶店前停下，老板正在聚精会神地给原色的木偶细致地勾勒描色，身边是各种颜料和不同型号的毛笔，木偶大小形状各异，造型基本都是印度的各路神明，悉达，拉玛，拉达，克里希纳……大概两厘米高的木偶从描色涂釉到完成，也要两天的时间。

这里还有许多雕刻和制作金

◆ 在天空上方，任灵魂飞翔

银器的小店,丝绸纱丽店也遍布其中。瓦拉纳西丝在印度的盛名,从博物馆里各时期王公贵族们的选择就可以看出,印度本土小说家普列姆昌德在自己的作品里都用它做主题,穿纱丽的方式、腰间摺的数量和样式不同,体现的等级也不同。在种姓制度划分如此分明的国度,身份从穿着上体现是十分必要的。我嫌纱丽穿着太不方便,便定做了一套印度女人常穿的三件套,裤子叫Salwar,裤管宽松得可以塞两条腿,上衣叫Kameez或Kurta,长到膝盖再配一条纱巾。这种服装的裁剪,根据不同地区、不同信仰和穿衣人的不同喜好而异,保守的穆斯林女性进入清真寺时要放下纱巾遮脸,以表示尊敬。暗红色丝绸上衣的刺绣非常精美,我也得瑟地体验起了印度风情。

印度的小孩,好像个个天生都是艺术家,他们本能般地提笔就能绘出很多复杂的图案,纸筒卷着膏体,剪一小孔当画笔,美丽的画面便在皮肤上活色生香起来。画面一般可以保留十几天甚至一个月,我为了能长久地保存,特意坐在河边让小姑娘帮我画到了日记本的首页,至今完好。

不断重遇的缘份

每天走在台阶上,身后总是跟着一个声音:what's your name? where are you from? where are you going? 从哪里来到哪里去,这样的哲学的问题每天不知道要想多少遍,这么高深的问题我自己也未想出答案。到印度的每一位单身女孩几乎都会被搭讪,这几句英文被印度男人几乎当作搭讪的话茬,次数太多就会让人不胜其烦。

In another India

　　当然也有例外，有很多女孩嫁到恒河边幸福生活的例子，比如著名的久美子青旅的日本妹子，在丝绸店遇到的韩国妹子，每年为了印度男友不远万里飞行好几次……被搭的次数多了，总觉得他们的真实动机有待考证，但有一次却令人印象深刻。

　　找个人少的台阶坐下来，至少可以耳边清静一会儿。眼睛看着远处，前方台阶下坐着的一个男孩，向我这里看一眼转回头，过一会儿再看一眼，羞怯腼腆的神态让人忍俊不禁。后来聊天时，他用不太好的英语伴着手势表述自己，能从中感觉到他的急切。他磕磕巴巴地告诉我，在台阶上遇到我的第一天，他有那种强烈心跳的感觉。他给我看他写的长长的表白短信，因为不知道我的手机号而储

◆ 日落前的祭祀，是恒河最繁忙的时候，是恒河的灵魂

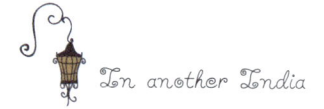

存在手机里。他说要请我喝茶,并带我到他最常去的饭店吃一道他最喜欢的菜。我至今还记得告诉他自己有男朋友在中国时他遗憾失望的表情,他继而回头用低沉的声音说没关系,说如果再来瓦拉纳西就记得联系他。说话时,我看到他眼里有些晶莹。

在瓦拉纳西的后三天遇到他,离开的时候互道再见,我以为这就是结束了。时隔两个多月,我从南部返回瓦拉纳西准备离境去尼泊尔的时候,因为对此地的喜爱便又特地停留了两天。在河边闲散,快走到上次遇见男孩的台阶时,远远地看到他坐在台阶上注视着前方。我很惊讶,马上就要离开这个国家了,也不会再有交集了,想装作没看见快速走过去,可我还是听到身后有人大喊自己的名字,接连好几声。

第二天晚上的火车,白天准备在巷子里重温一下,依然漫无目的。在一处拐弯的地方刚一转身,巷子深处的阳光下又看到一个熟悉的身影正在和几个同伴聊天,猝不及防,但愿他没看到我吧。又想迅速从另一个转角闪去,在拐角处又听到了叫喊自己名字的急切声。

当我坐上离开的火车时还在回想,瓦拉纳西究竟有种什么样的缘份,总是让我不断重遇,在离开印度时还想特意安排两天流连,它处处脏乱不堪,我为什么对它如此留恋?

苦行僧大聚会是怪异博览会

当地有句话说,在湿婆三叉戟的尖顶上,矗立着一座城市,它就是瓦拉纳西。那些崇拜湿婆,认为湿婆创造了一切的印度教徒和苦行僧们想当然也就把这里当做圣城了。关于湿婆的节日也就特别的隆重，平日居住在深山丛林里的苦行僧们，也纷纷从自己隐居的巢穴里出动，装扮奇特地聚集到这里。走在他们当中，我反而像一个现代怪物。

从 Allahabad 过完大壶节返回瓦拉纳西时，正好又赶上了每年一度的庆祝湿婆结婚的日子，恒河边搭满了简易帐篷，每一个帐篷里面都坐着一位涂满骨灰赤身裸体，仅用一小块布遮住下体的苦行僧，他们被尊称为巴巴，看到有人从旁边经过，他就会用手或是牦牛尾刷做出招魂似的手势，come……come……有许多印度人会跪下来受洗，然后奉上财物。也有很多游客，大多数是欧洲的旅行者，会坐在他们的帐篷里，寻找顿悟或者解惑人生，被物质文化浸透的西方

◆苦行僧大聚会

◆印度是一个把色彩用尽的国家,男孩淡粉的装扮毫无违和感

不能满足这些人的精神饥渴,我觉得这从某种意义上来说这也是西方文明进步的表现,因为大多数人只有衣食无忧后才会向精神靠拢。

巴巴们的面前都放着一个盛放钱币的容器,装扮越是怪异容器里的钱也越多,无论游客还是印度本土人都因为好奇而拍照片,拍完后巴巴们就会伸手要钱,这更促使他们标新立异地去打扮了。这些抛弃了全部的世俗生活,离开家人,为追求心灵的解脱,为摆脱无尽的轮回之苦,以一种苦修的方式生活的巴巴们,不是在追求一种无物质主义的灵性生活吗,他们不是靠别人的慷慨而生活的吗?可为什么会把自己变成一个强迫别人施舍的工具,走过时耳边尽是"money, money"的要求声。更有甚者,如果给的钱太少,他们还会露出鄙屑的表情。在巴巴的世界里,有真正追求心灵修持的,但也有不少滥竽充数的吧?

苦行僧也有派别,从衣着上分为裸修派和青衣派。前者全身一丝不挂,最多用一条窄窄的布条遮住下身的敏感部位,表示追求原始状态,远离凡尘,与世无争,身上总是涂抹着灰烬,表示罪孽、死亡和再生;后者一般都穿黄色的棉布服。他们在一番苦修后也会找一位精神领袖,拜在其门下追随左右。

我在节日当天误打误撞地走入一座寺庙,一位苦行僧告诉我他们的领袖也在场。我被带到二楼的领袖休息室,与一些重要人物共同被接见,喝了杯工作人员热情招待的印度甜茶,有幸近距离地拍到了许多照片。每每这些时候,我都会对印度的包容感到惊讶,它允许不同的宗教文化同时存在,并给他们各自自由发展的空间。它们在不断吸收异种文化不断交融共生的过程中发展和丰富起来,3600万种神和1600多种语言的复杂性,也只有印度兼收并包的精神能应付过来。它也会给各种理想主义生存的土壤并让它成为现实,后来去参观本地治理的社区时,这一点感触更深。

　　因为博大的包容,印度在几千年的时间里造化出的神秘因子,生生不息地为它增添着独特的魅力。在这里停留的每一天,天天都有新鲜的体验。

◆苦行僧也有精神领袖,他们追随着他抵达更深的精神世界

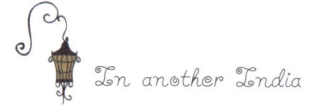

回荡在千年古堡外的古典音乐

古典音乐世家

自从在加尔各答听那位欧洲游客用沙兰吉琴和塔布拉鼓拉奏的音乐后,那种空旷悠远的声音就一直萦绕在耳边。因此我对印度古典音乐也产生了浓厚的兴趣,在后来其他地方旅行的时候,也就格外留意起那里的音乐。

离瓜廖尔堡大概半小时车程的 Sarod Ghar Museum(剑加尔博物馆),里面展出的是印度最重要的古典音乐家之一——胡斯塔德·阿马贾德·阿里汉(Ustad Amjad Ali Khan)家族所用的一些乐器以及为古典传统音乐所做的贡献。这位萨罗德琴领域当之无愧的大师建立的胡斯塔德·哈菲兹·阿里汉纪念组织(Ustad Hafiz Ali Khan Memorial Society),每年都会对杰出的印度及国外的古典音乐家颁发哈菲兹·阿里汉奖,并组织音乐会宣扬传统音乐。其官网(www.sarod.com)可以浏览到具体的介绍和演出行程。

印度人习惯晚睡晚起,上班时间也不合常理,当突突车司机载我到达博物馆时已是十点半,工作人员还在打扫卫生,刚擦过的湿

◆他弹奏乐器时神采飞扬的样子,最是让人着迷

漉漉的地板在冬天里更是冷得刺骨,穿着棉袜走一圈回来都能拧出水。博物馆是有个二层楼的小院,早晨的树影斑驳倒映在桔白相间的墙面上,幽静雅致,与外面嘈杂脏乱的环境简直是天壤之别,大门一关就是两重天。

工作人员拿着钥匙串挨个把门打开,然后告诉我不收门票可以尽情观看,司机也跟着我凑起热闹,还要工作人员帮我一一讲解。

从莫卧尔宫廷音乐家时期至今,胡斯塔德·阿马贾德·阿里汉已是第六代传人,照片中的他年轻时英俊倜傥,垂暮之年头发花白显得精神矍铄,一副智慧老者的神态。他弹奏萨罗德琴时神采飞扬的样子,连工作人员都不住地赞叹。博物馆很小,即使是细听讲解

也不过一个多小时。因迟迟不想离去,便坐在转角的台阶上呆呆地望着院子中间阿里汉的雕像,顺便问他们有没有音乐CD卖。在常规旅游产业链这么重要的售卖宣传环节,答案竟是,无。我冲着工作人员失望地看了一眼,然后他迅速拿出一本音乐家族的宣传手册,薄薄的十几张铜版纸上面还有放久了的灰尘和手印,开口要价50卢比,因为想了解更多信息便杀价到20卢比,高兴地拿着出门上了车,这时司机才说,其实这是可以送给我的……

嗨,你干嘛不早点说呢,又被宰了一笔,蠢蛋!

触摸古堡的沧桑

又颠簸了近半小时,穿过几条居民巷才到达瓜廖尔堡的脚下。司机告诉我只能自己沿路走上城堡,突突车不允许入内。柏油马路一直从山脚下盘旋到城堡里,在半山腰还有一所小学,再往上走看到许多卖食品饮料的地方就是入口了。

◆传说在公元8世纪,一位王子被瓜廖尔的圣人所救且治好麻风病,为报答恩情,王子在山上修建了此城堡,并命名瓜廖尔。

站在侧面高耸的城墙的哨口向城下望，一览无余，城墙被太阳晒得发烫，站在这里却能感到清爽的风带来的阵阵凉意。旅行这么久体力还是差强人意，刚爬上城堡双腿发软满头大汗。顾不得体验当年土邦主那种雄踞一方威风八面的气概，站在城墙下只为休息纳凉了。

这座古堡除了有个众所周知的动人传说外，在外形上也独具一格。整个城堡独占一整座高耸陡峭的山头，土黄色的外墙上，用蓝色和黄色马赛克面砖镶嵌着大象、孔雀、几何形等图案。因年代更迭岁月沧桑，精美的图案早已斑驳破碎，瞻仰的后人只能站在它的脚下想象它当年的风华和气魄。城堡里面曲径通幽，房间不计其数，黑暗阴森，仿佛进入千年迷宫般恍惚。世界建筑史上也特别提起，印度的古堡对风和光的运用，这和中国古代建筑一样都是人类智慧的结晶，不同的文明运用自然的力量，却有一种共通的与生俱来的本能。

我对古堡里那些细致的雕刻和镂空轩窗也情有独钟，每每走过都忍不住想要触摸感觉它的纹路。坐在古堡的穹顶形亭子里休息，哇，这么高，比刚才在城墙上望得更远了。这时听到肚子"咕咕"叫的声音，微风轻拂，才想起解决今天的午饭，拿出一颗从瓦拉纳西开始就觉得无比美味的水煮蛋。多年以前，土邦主肯定没有我边吃鸡蛋边看天下的经历吧？！

最悲凉凄美的爱情故事

早餐料够猛

大清早，雾浓得一片灰白，一米远的地方都看不清。站在台阶上大声地叫服务生，传回的声音大得却吓到了自己，这么近啊！一张皮肤干瘪的眼睛深陷的脸迅速地出现在面前，我愣了愣才要求上早餐。

记得昨晚来的时候水泥台阶下有个大花园，隐隐约约看到草坪上摆着几张铺了白餐布、放着鲜花瓶的桌子，当时心里还想阿格拉果真比前面几个城市讲格调，价格只有二十元人民币的酒店居然拥有这么雅致的花园。

点了份恰巴提和一杯柠檬茶，坐下后才发现桌子上大片大片的污渍在白布上触目惊心，热茶很快就来了，服务生像模像样毕恭毕敬地托着灰色托盘，上面放着洁白的茶具。仔细一看，托盘里满是灰尘，因重心不稳泼洒出的茶水一摊又一摊，茶壶和茶杯白色质地上布满了砂粒状白色和黑色颗粒以及烧制不匀的凹凸感，杯碟上的深色的裂痕因为灰尘的遮盖倒是淡化了不少。

再环顾下青草茵茵的院子，整个场景就像是一位想要装得体面的姑娘却因不合适的衣服和配饰而弄巧成拙，丑态百出。我哭笑不得，又咬牙切齿地把沾灰的柠檬瓣用水冲了一下，再使劲挤到杯里，然后就着烤糊的恰巴提细嚼慢咽。

在阿格拉的第一顿早餐就加了猛料。

泰姬陵与红堡彼此遥望的悲情

太阳出来后，雾气散得也快些了，服务生告诉我，走到泰姬陵只要半小时。我是暴走族，何惧这点路！

◆看不到它清晰的神态，一如现世的爱情，时间不对，有缘无分

在通往泰姬陵入口的那一段路上，有许多装扮华丽的骆驼车，"嘚，嘚，嘚"的蹄子声和清脆的铃铛声回响在周围的穹顶建筑里，像极了西游记里的古天竺场景，旁边就差个美艳的少女跳舞了。

许多游客都想在朝霞升起时一睹泰姬陵刚从睡梦中醒来时安静的神态，但在印度这种空气污染严重冬天雾霾重重的天气里，捕捉美景的机会真是少之又少。站在装饰华丽的红砂岩门楼前远望，白色雾气包围着整个白色的建筑，混沌得分不清楚。

走到近处才看清它的样貌，在大理石表面彩色石头镶嵌的瑰丽图案和雕刻精美细腻。在后来寻访的工艺品店里，还看到许多将这些传统工艺发挥到极致的作品，真是令人爱不释手。陵墓正中间朝着圣城方向放置着一大一小两座古棺，那便是沙·贾汗和他的爱妃泰姬·玛哈尔，在空寂的华丽里延续爱情的生命，轮回不息。

我在陵寝外等着大雾退去，想看一眼它真实的神态是否像书里描绘的那般美妙，但是季节不对就等不到期待的样子，一如现实尘世的爱情，时间不对有缘无分。许多人说，来这里应该带着自己的另一半一起感受，如果有机会再来，我会感觉不同么？

有许多人都知道沙·贾汗痛失爱妃才斥巨资修建了这座空灵绝美的建筑，但也有很多人不知道他为此征集建筑师时杀害建筑师爱妻的历史。当时遍寻设计方案不得要领的皇帝询问其中一位杰出建筑师，是否明白失去爱妻的痛楚，建筑师回答，不明白。沙·贾汉就下令杀掉了他的妻子，悲彻心底的建筑师用自己痛失爱人的悲情画出了泰姬陵的雏形。我相信拥有过真正爱情的人，他们对此都有自己的祭奠方式。泰姬陵就是一座爱情纪念碑，是沙·贾汗和建筑师对各自爱情的浓缩，是信守承诺流芳至今的典范。我觉得，是因

◆伊斯兰的建筑总是百看不厌，庄重有变化，雄健又雅致

为动人的传说才激发了人们对美好爱情的向往，因而泰姬陵才这么深入人心！

　　印度的建筑遗产大部分是由城堡构成的，每一个邦都会有许多这类宏伟的建筑见证历史的变迁。阿格拉红堡是北方邦城堡的其中一个，通体朱红的建筑看去雄伟壮丽，泰姬陵阴柔秀美，而它则阳刚强悍。穿过坚厚的塔楼，一片绿草如茵的庭院赫然出现于眼前，悠闲的人们三三两两或坐着晒太阳或踱步消闲，和泰姬陵前拥挤的人群明显不同了。

　　相比泰姬陵，我对红堡更为喜爱，许多印度人也告诉我相同的感觉。在贾汗季玛哈四方宫院里，宫墙斑驳的痕迹依稀可以看到曾经的金碧辉煌。彩画似锦的每一面墙上那细密繁琐的石雕纹理，虽历经风雨仍深刻清晰。尤其是每道门的设计更为繁复，光门栏就有四层，一扇扇大理石镂空轩窗抚摸如凝脂，折射的阳光照在嵌花的大理石墙上，镶着大量宝石的地方尽是被撬走的凹痕，只能去想象曾经满室光泽交叠的华丽奢靡了。觐见厅高大柱廊和连绵的拱形门是典型的伊斯兰风格，错落有致，高贵典雅，很有空间感，这也是我最喜欢的部分之一。

这座城堡因为沙·贾汗痴情的遥望更添了悲伤凄美的色彩，被囚禁在此，每天只能在二楼的露台对泰姬陵望眼欲穿，寂寥地凭栏守望，还有什么能比这种绝望的煎熬更可怕更耗心力呢？

太阳西沉，才发现自己在红堡里已不知不觉呆了四个小时，庭院里的人也纷纷离去，偌大的庭院显得更安静了。一整天都沉浸在沙·贾汗的故事里，我也该退场了。回程时看到一位身穿纱丽的女孩，温暖的阳光穿透她飘逸的薄纱巾，脚踝上的铃铛响声清脆，回眸浅笑，美得迷醉！

印度魔术不魔幻，慢半拍

旅行这么久，越来越感觉自己对人文风貌的浓郁兴趣逐日递增，每次到了新的地方除了向当地人了解风俗文化，闲走散步的时候也不住地搜寻有意思的信息。阿格拉的突突车后面的信息量就很大，每一辆都粘贴着广告，花里胡哨的像巨形甲壳虫"嗡嗡"地来回穿梭。

最近这段时间因为国内著名的魔术团到访演出，所以许多车子后面都贴着色彩鲜艳画面夸张的海报。看魔术，这种只能巧遇不可

强求的事情,在机会来的时候我自然不可以错过的。

　　向其中一位司机打听演出地址,却围上来一群司机,七嘴八舌的讨论好像这事压根与我无关,我不得不抽身出来。印度人太喜欢凑热闹了,还有人一边嘴巴不停地说话,一边心不在焉地隔着涤纶长裤抓挠裤裆。我看一下自己每天无论怎么洗也洗不干净的黑乎乎的指甲缝,再想想从加尔各答一路都能闻到的刺鼻尿骚味和路边满眼的污秽以及种种闹心的小细节,虽然时间久了会慢慢地适应它,文化冲击带给我的新奇也会暂时转移注意力,但在心里,这种既爱又恨的矛盾却伴随我直到离开印度。

　　好不容易才拉出一位司机商量好价钱,同意载我到演出所在的市场,大门口的当地人热心地指给我售票窗口的方向,一个大概两人高,漆成黑白色的骷髅头矗立在贴满海报的院子一侧,旁边支着的几个简易易拉宝上面满是优惠信息,骷髅头的眼睛是对话窗口,

◆印度有许多海报都是纯手绘,色彩对比和视觉张力都非常强烈

嘴巴是取票口。入场时黑黢黢的剧场几乎坐满了人，工作人员带着我走到自己的座位，靠近舞台第三排右边倒数第三的位置，有些偏，但拍照还能将就。已经开演了，工作人员见我拿着相机居然热心地帮我换到了第一排正中间的位置，受宠若惊的我连声道谢。也许，外国人很少来这种本土小剧场吧，更何况是印度语的表演。

◆主持人是颗不倒翁鸡蛋

在我的印象里，魔术师都身着合身的礼服，谈吐幽默风趣。在奇幻的舞台上，魔术师挽起袖子从一顶大礼帽里变出各种各样的道具，表演通常显得高雅，优美，梦幻，像大卫·科波菲尔，大卫·布莱恩，坂井弘幸等这类国外盛名的表演会更有创意更出色神奇，还有对春晚专业户——刘谦，高超的技巧令人印象深刻，印度魔术还从未看到过。印度人把魔术师称作嘉度华拉（Jadoo-wallah），台上镶满亮片的印度礼服包裹着嘉度华拉又圆又大的肚子，逗乐调侃式的印度语

◆宗教即文化，处处是它渗透的痕迹

开场白，引来一阵哄堂大笑，舞台用一块同样是镶着亮片的条纹帷幔作背景，烘托出一种廉价的华丽感。

刚开始看节目时特别兴奋，一边拍视频一边不住盯着舞台，怕错过了精彩瞬间。越看越觉得所有的魔术都有些相似，就是把美女放在不同的容器里，用火烧，切割等方式造成依旧完整的假象。还有就是变野兽变汽车变任何东西，使用不同的方法让观众产生错觉，最高级的就是用幻术把人飘移悬浮，节目虽然很多，但也没有让人瞠目结舌的精彩。

印度魔术最大的特点是将宗教文化渗透其中，神话中广为传诵的故事是最能引起共鸣的题材，除了这种亮闪闪的演出服装外，有些节目中演员穿的类似僧袍的服装有很明显的宗教元素，而且还会掺杂些宗教活动上的常见仪式，下面的观众时不时爆发出热烈的掌声，我却找不到笑点在哪儿，是因为不懂印度语么？但是看魔术表演似乎不需要用语言来描述解释吧？！

相对于我印象里的魔术师，无论从手法、机关或是魔术师的思想而言，这里的魔术陈旧，拘泥于单调，用具粗糙简单，他们的道具制法有许多都是从祖辈传下来的，即使在表演手法上做了一些革新，但从本质和思想上还是没有改变。英国陆军少将勃伦森氏曾著过一本专论印度魔术的书，根据收集的材料进行了详细的分析，是了解印度魔术史不错的参考，有兴趣的可以读一读。

现在的印度逐步国际化，在文化上慢半拍的步伐还需要小跑才能追上那些发达的国家，到那时，印度充满神话色彩的高科技魔术该是怎样的呢？可以想象一下，也许有一天印度可以给我们答案。

在家族清真寺打酱油

不是不好吃，而是没吃过好的而已

早上七点钟，扛着大背包穿过清晨浓浓的冷雾到了一片嘈杂声的汽车站，把包一撂，坐下来呼哧呼哧地喘气，车子出发得太早，人很少。买完票后，我缩在厚厚的羽绒服里还是冷得直哆嗦，盼着太阳早点出来。

这是第一次在印度坐汽车。

行距拥挤的三排坐，我的背包直挺挺地立在坐位上占去一个人的位置。我靠着它环顾起了整个车厢，窗户从来不关冷风嗖嗖乱窜，看不清坐垫套原本色泽的坐椅随着颠簸"吱吱呀呀"地发出呻吟，有些坐垫正中间的大洞里露出焦黄的海绵，残缺不全的还要受屁股的挤压，头顶风扇上的蜘蛛网结了一层薄薄的霜，随车颤颤悠悠。

下车时，司机也许是先前卖票时忘记敲诈我这外国人了，回头说需要多给二十几卢比的管理费，我冷冷地瞪了他两下，背上包把他的叫嚷声甩在身后。在印度总是这样，有许多无偿帮助你的好人，也有许多费尽心机敲你竹杠的混蛋，需要处处留心。

北印度的冬天,早晚和中午的温差很大,车子行驶近两个小时到达目的地时,雾气已散去,渐渐燥热起来,尤其是中午时穿着短袖都会出层薄汗。在客栈凉爽的阴台小憩,点份慕名的 Tandoor Chicken 作中饭,这盘烤得焦掉的红色鸡块,我吃得极其狼狈,肉太硬撕扯得好费力,外面焦黑而里面的肉却还有未熟透的血丝,胃里泛着恶心只能打赏给露台上的鸟们了。

其实这道菜是北印度的一道著名宫廷料理,将整只鸡先以酸奶和香料腌渍后放到坦都炉里烘烤,烤完后是红色状,吃起来带点辣味,瞅着文字描述再瞧下自己眼前的这盘菜,就像现实与理想的距离,差之千里。后来我在厨房看到了这道菜的制作过程才明白,原来是做法完全不对啊,味道怎么会好。厨房伙计把腌渍了一小会儿的鸡肉块用铁棒夹着,在煤气灶的大火上来回翻烤,红红的鸡块不过一分钟就焦得像黑炭,七零八落地摆在盘里。我顿时傻了眼,自己的做饭水平差,但也从未想象过这种烤法的。后来在德里与日本朋友在比较气派的饭店里又尝了一下这道菜,味道果然是天壤之别,原来不是这道菜不好吃,而是没吃过好的而已。

情谊三杯茶

法塔赫布尔西格里的清真寺,是印度最大的清真寺之一,四方巨大宽敞的红砂岩庭院的每一面都有一座门楼,南面巍峨的门楼是主入口的凯旋门,红砂石砌成,白色大理石嵌饰,风格融合了波斯式的典雅亮丽和印度式的浑厚雄奇,耸立在42级台阶之上。仰头望去，就像是国字脸上有一张大口在激昂地呼喊，绵延不断，就像它的名字，是对凯旋的呐喊。

拾级而上，早晨柔和的阳光里，在清真寺高穹顶的回廊里还会看到教古兰经的老师带着学生朗读，学生们清脆的童声在寺内甚是悦耳；小摊贩们售卖水果和一些小纪念品，水果的色彩搭配和摆放像是艺术品，极有美感！在这里的每天都会在台阶上发会儿呆，后来跟一个卖水果的小贩熟了，每次买水果他还会附赠根香蕉或是其他的水果。

穆斯林生活的区域都能闻到肉的味道，每天早晨在台阶下卖的一种用印度长米和牛肉拌着蒸熟的Belani，微辣的口感，几乎是在印度吃过的最好吃的米饭了；许多拿着印度饰品的小孩会跟在游客后面纠缠，有的因为贫穷无学可上，有的是在2点放学后为家里贴补家用。游客不多的时候孩子的本性就显出来了，他们聚

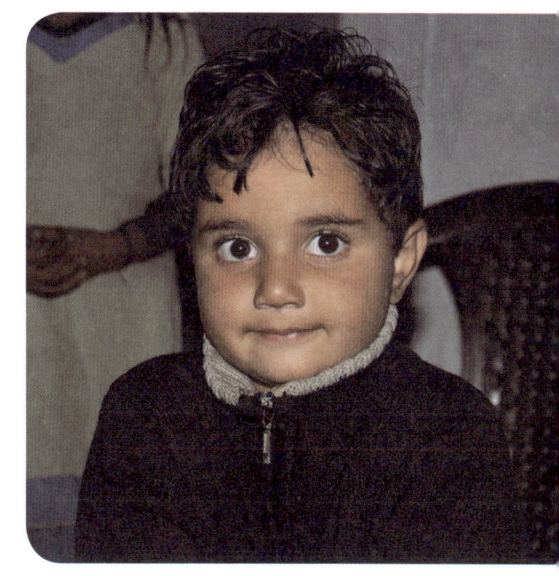

◆他看着我这个小眼睛的外国人，怯生生的，惹人怜爱

◆每个洒满阳光的清晨，寺院里充满了朗朗的读经声，声声清脆

在一起玩弹珠，玩到兴头上还故意惹对方生气，打闹成一片。我在台阶上看得窃笑，然后被硬生生拉到他们的队伍里，学习当地的弹珠玩法。

在庭院中间有一座通体白色的大理石建筑，是圣徒谢赫·萨利姆·希什蒂的陵墓，它的两侧和后方还有许多大小不等的石棺，埋葬着王室家族以及他们世世代代的后辈。在白色陵墓的旁边遇到了一位当地的摄影师，在他的留言小本上居然看到吴时敏教授的签名和留言，我才稍稍放下点提防心。然后，他有一搭没一搭地跟我这个菜鸟聊起了摄影，继而让我猜他的年纪。最烦这类的小把戏了，又不好直接回绝，看他面黑皱多一副饱经桑的样子大概六十岁吧，本想说五十岁让对方感觉自己年轻些，没想他自己说四十岁。唉，长的这么着急还要人猜，真是好为难。他好意带我逛了一圈清真寺，然后在陵墓里讲解起这里的历史。也是在他的帮助下，我才有机会拍到了开斋节的细节和清真寺傍晚时的美景。

现在这个清真寺由一个家族负责打理，一家兄弟几人全部在这里工作，信徒们的供养也都由这个家族负责分配，每天早上大概5点到晚上10点，兢兢业业。他们还非常好客，我受家族长子之邀到他们家族的大房子里喝茶，那是比一般的家庭宽敞气派些的屋子，刷得通白的墙壁将屋里衬托得既明亮又干净。一杯茶是路人，二杯茶是宾客，三杯茶，你就是朋友了，我连喝了好几杯，隔天就在清真寺四处打起了酱油，有好吃的他还会偷偷留给我。

穆斯林的妻子通常不见生人，他们的小孩倒都出来凑热闹，一双双明亮清澈的大眼睛，一眨一眨怯怯地看着我这个小眼睛的外国人，这跟我在台阶上遇到的其他小孩的大胆完全不同。

喝完茶忍不住想要逗他们,但照片里留下的还是那羞涩的怯生生的可爱模样。

主麻日聚礼

清真寺里镂空的窗格上系满了叫作 jali 的红绳,摄影师说是祈求好运。我拿着一根,绑了上去,然后绕着墓转了一圈,像模像样地在门口让刷子扫一下接受祝福。在墓室外的大理石墙体上刻满了古兰经,几个穆斯林教徒教我拿枚硬币吸在墙上保平安,我也照做。

◆包饼也是有讲究的,端给家族长子的那一盘更是摆得有花样

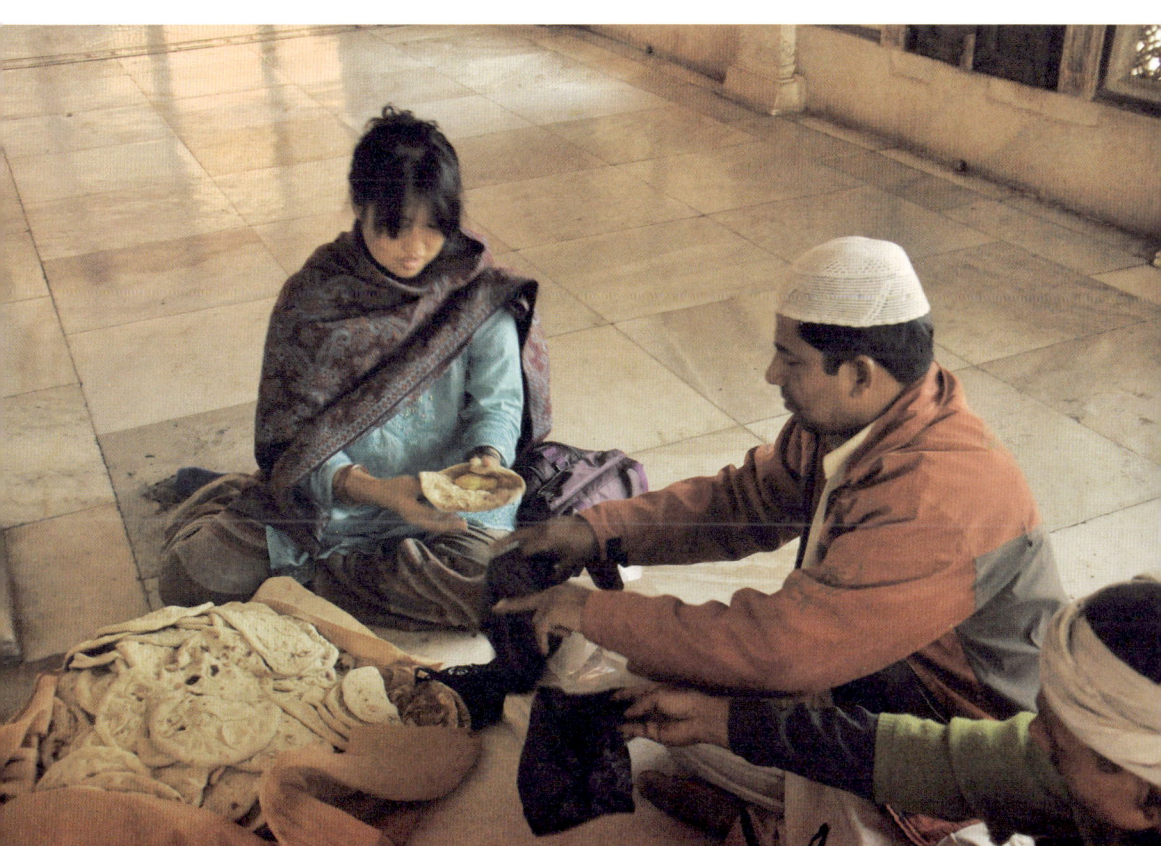

◆ 分发食物的哄抢场面

去清真寺按穆斯林的方式,在印度庙、锡克庙和基督教堂又要用他们各自的方式,保佑多了不压身。没有宗教信仰的我,反而没有禁忌,入乡随俗,在印度变成了综合体,走到哪儿拜到哪儿,新奇又好玩。

穆斯林每周五在主麻日都会聚礼,听颂《古兰经》,家族长子带领男性穆斯林集体礼拜。有些人还会奉上钱物给家族,然后清真寺会派发一些食物给穷人,履行穆斯林行善的责任。我闲来无事就帮着家族的人一起打包食物,为了便于分发,我把一张恰巴提和一块当地的酥饼包裹在一起装到黑色的塑料袋里。在分发食物前要先端上一盘让家族长子赐福,这一盘食物的摆法也很有讲究,一层压着一层,虽然只有两种饼,但每一层的摆法却各不相同。我还帮他们把每天收到的花瓣收集起来,供奉在每一个石棺上。这份工作看着好神圣,在这座清真寺打酱油,倒也玩得不亦乐乎。

在分发食物的时候,哄抢的场面我也从未见过。作为家族成员之一的摄影师分发食物时站在台阶上,下面一双双奋力张开的手像是去抓最后一根救命草,拥挤和哄闹差点把摄影师揪下台阶。我和几位外国游客看到此景,除了按快门就只剩下一张惊奇的脸,一动不动地僵在那里。

拍完了,回头发现在曼谷买的匡威鞋不见了,家族成员们说一定是穷人拿走的,贫困真是一切罪恶的源泉啊。四下里找了个遍也不见踪影,他们最后跑到集市上给我新买了双当地夹脚拖鞋,再配上我宝蓝色的袜子,全身上下真是混搭到极致了。

黄昏时的清真寺没有了白天的喧闹,更适合静坐,沉浸在空旷的安静里,拍几张剪影照片,幻想着明天节日的景象,好奇又期待!

穆斯林孩子的狂欢节

人越成熟,越表现出一种单纯,它是人生的缩影,返璞归真,朴实无华。小孩和老人身上都有这种纯真的特质,它会引发我内心深处的笑容和欢乐,所以很喜欢与他们在一起,遇上一大群孩子,我更是喜不自禁。

在Fatehpur Sikri的这几天正好遇上了两个节日,一个是主麻日,另一个是摄影师跟我讲的开斋节。可是现场情景,却不像旅游资料里描述的那样,我管它叫——孩子们的狂欢节。

第二天七点钟,我就兴奋地跑到清真寺,那时就已有很多小孩穿着绿白两色的盛装,喜气洋洋地在寺内集合了。在白色陵墓前的空地上,老师带领着一个个队伍,写着穆斯林文字的绿色旗子举得高高的,与他们的白色长袍交织在一起,仿佛置身一片白绿相间的海洋。一位身体残疾的活动赞助人在台阶上发表完演讲,与几位清真寺家族成员带领着孩子们唱诵古兰经,然后开始给孩子们分发许多食物,名为斋功。在寺内的活动时间大概一个多小时,因为认识了那位摄影师,我才被允许拍一些照片,在他们的祈祷声里,我的身影来回穿梭。

寺内活动结束后是街道的游行,从清真寺出发,在街市上绕一

◆ 白绿涌动的海洋,他们都是安拉的子孙

◆ 总觉得他有一种王子般的气质

个大圈后再回到清真寺的南塔门。在他们游行的街道上，有人会事先洒上白色的粉末，起到指示路线的作用。一些青年穆斯林骑在摩托车上狂热喊叫，有的手里还举着大刀（这刀是没有开刃的，是为了造势），呼啸而过。这些年轻人似乎觉得这是个拉风的好机会，镜头一对准，他们的呼声便越发高了。我站在旁边，心里却害怕得很。摩托车后面是白绿相间的小学生队伍，然后有打扮得华美的骆驼和花车，车上坐着几位身着盛装的孩童，在另一帮小孩的敲敲打打下闹哄哄地向清真寺走去。爱拍照摆 pose 的他们，左推右搡往镜头前挤，几乎把我挤个趔趄。

这种游行场面分三拨，间隔一个多小时后，又是飞快的出尽风头的摩托车队和更多的骆驼。而最后一场，则是摩托车后面跟着传

◆狂欢节属于他们

统乐队,在人群的簇拥下,两辆卡车上站着晚上活动的赞助人,还有大喇叭的呼叫声,每一拨人群里的孩子们,都兴高采烈地欢呼雀跃。

白天里,这简直是他们的狂欢节,我在他们之间穿行,心里却是与他们共享节日的无尽喜悦。

在印度,传统的习俗和民风保留得很好,无论大小节日,你都能感受到浓郁的节日气氛和高涨的激情。即使经过了几百年的殖民统治,他们还是保留了下来,而没有随波逐流。当我们定义印度文化的时候,却没有一个词能准确地描述它,所以游客才对它有那么多的新奇和感叹。

◆嘴角上翘,微微一笑,传递友好

动物生活的天堂

事物的作用都是双向的

在印度旅行，坐火车或是坐汽车，每每车子经过村庄、郊野的时候，都会看到深蓝色的野孔雀或是悠闲的踱步，或者一枝独秀地开屏。有时它们还会三五成群地在树下乘荫纳凉，即使有人走过它们也不会落荒而逃。在住处的阳台上，松鼠总是举起可爱小爪"吱吱、吱吱"地向人讨要食物，然后飕地迅速爬上树枝自顾自地吃起来；在很多景区的树干或城墙上蹲满了猴子，公的给母的拨开厚毛找虱子，母的怀里亲昵地搂着小猴子；有些古庙还可以看到许多珍贵的禽类，比如绿头鹦鹉，蓝色仙鹟……在寻常地方，都可以看到许多动物悠闲自得的影子。

◆鸟界也是有屌丝的

有一次与两位中国游客乘车去往某地，经过公路时看到侧面的田野上奔跑着一头梅花鹿，我们惊呼高喊，其他印度人都转向我们，满脸的诧异，似乎在问，看到一只动物需要这么大的反应么？

印度教强行划分的根深蒂固的种姓制度，对人权的残暴压制造成了极严重的不平等，但食素的印度人也因为这种教义，认为许多东西是"不洁的"，出身越高的人，生来越清静高贵，越不能被玷污，越要严格遵守禁忌。印度教还认为，万物有灵，一切生命都是神圣的，家家都供着神明的印度人哪怕是低种姓也不敢轻易造次触怒神灵。事物的作用都是双向的，在这种意义上，复杂的印度教对保护动物维持生态平衡却发挥了作用。

印度就像是动物们的天堂，它们在安详恬静的环境中自由自在，却从来不会因为人类的存在而被打扰。

大师也需要从菜鸟起步

摄影师建议我到离阿格拉西部50公里的盖奥拉德奥国家公园看看，正值冬天，有许多稀缺鸟类迁徙过冬，是拍摄的好时机。对于我来说，只在旅行中拍过一些见闻，菜鸟级别却从不怕尝试挑战。扛着摄影师极力推荐的尼康高倍镜头，我雄赳赳地出发了。

清晨，与西班牙的一位姑娘挤在一辆拥挤疯狂的吉普车里，因为没吃早点，颠簸得差点吐出酸水。所幸路途不算远，下车后蹲在地上好大一会儿，极力平缓胃部的不适。终于觉得舒服些时，才买张门票进入景区。没吃早餐又错误地估计了景区的设施，以至于在

这里买不到一点小摊食物甚至是饼干，唯有停车场的小卖铺卖水和一种迷你袋装的像是炸的大米花的小零食，塞牙缝都不够啊！接下来整整一天都没有食物，还要在占地几千公顷的森林公园里暴走，外加沉重的三脚架和镜头。点背，士气也被拉下来了，走路都有点摇晃了。

　　冬天里的森林色彩斑斓，在早晨渐渐消退的雾气里显得很有意境。仔细一看，树枝上晶莹的露珠正倒映着初升的阳光。从入口到景区的中心，要走好几里地，越往里走树木就越绿，从马路两边向中间生长形成连绵的树荫。离嘈杂的入口和外面的世界远了，林子里清脆的鸟叫声就更清晰了，和许多印度游客一边漫步，一边环顾路边树林里鸟儿的身影，还要竖起耳朵听叫声远近，动作神秘得像是寻觅宝藏，生怕一有动静，宝物就会飞走。声音听着近了，更近了，就把手放在嘴边"嘘——"千万别吓走了这些森林精灵。

据说这里有 364 种鸟在公园里已经记录在册，有的游客专门带着一本鸟类百科全书，一遍遍地搜寻这些鸟的踪影，还有许多珍稀蹄类动物和哺乳动物，如印度羚、白斑鹿、恒河猴等等。我分不清它们的种类也叫不出它们的名字，有些鸟类在树头只停留几秒，能逮到拍照的机会就更顾不得品种了。这里是许多摄影师钟情的拍摄地，他们时而趴下时而卧倒，无不流露着专业精神。和他们的长枪大炮比起来，除了满腔勇气，我的技术和设备逊毙了，可是心里却为自己这种不惧不怕的精神感动！

大师也是从菜鸟起步的，不是么？！

在水鸟栖息的地方，各种水生植物给水鸟们提供了丰富的养料，红的黄的绿的浮藻把环境装点得也十分美丽，连冬日光秃萧条的树枝也增添了色彩。我和西班牙姑娘边走边聊，在马路中央看到几具动物的尸体，正好有工作人员在四处巡查，我们问他为什么不清理一下，他说："Why? That's balance of nature." 通常我们都不能按印度人的思维来理解事物，否则误人误事，但这回我也赞同他们的想法了。

走得太久脚有些痛，我坐下来歇息，黄昏的夕阳里，看着一群群来自中国的鸳鸯在水中逍遥地捕食，天鹅振动翅膀划着优美的弧线，西班牙姑娘说："Nature, it's beautiful！"

印度真是它们的天堂。

信仰是一种无悔的坚持

最贴心的金庙

从阿格拉到阿姆利则，因为晚点两个小时，共用了18个小时，到达金庙时已是傍晚了，疲惫不堪！背包似有千金重，双腿像灌了铅，走路都向前倾。在附近问了好几个人，关于金庙免费住宿的位置却无人知晓，最后多亏一个锡克教小男孩才指给我正确的方向。

宽敞的四方院落的地板上铺满了棉被，再

◆包头巾的锡克兵，曾是南亚最英勇的战士

晚些时候就会睡满了人，只留中间一条细细的通道去往卫生间。工作人员看我径直走去，从身后连叫带拉指着左侧的一扇门告诉我，嘿，外国人住这里。有整排的铺位，也有单独的房间，安排我和未见面的一位女生合住。免费的住宿，还有温暖的热水洗澡，这么贴心，住大通铺我都愿意啊。

照着当地人的习俗，用围巾把头包起来去金庙参观。四方神池中央的金庙通体镏金，在夜晚的灯光下更是显得庄严肃穆。水池四周的大理石路面，冰凉入骨，光着脚的许多包着头巾的锡克人用圣水点头虔诚地跪拜，再绕着金庙转好几个圈，天天如此！我站在他们后面的黑暗中，心里满是对他们虔诚的敬佩。

信仰，最让人感动的，就是在日复一日里无悔的坚持。

这里每天都会为穷人布施，可容纳千人的巨大食堂里站着一排排队伍。整整齐齐坐在垫子上的锡克信众面前，都放着一个不锈钢的餐盘，工作人员拎着桶迅速地分发食物。不限量的恰巴提饼，牛奶白粥，印度咖喱糊式菜汤，每天的菜品大同小异。一天没有吃正餐的我，早已饿得肚子都抗议了，用一碗清水漱口净手，简单的菜品也吃得心满意足！坐在旁边的印度妇人带着小孩，温柔地问我："还需要么？"小孩"咯咯咯"地冲着我笑，无邪又天真。

有吃有住我更舍不得离开

昨晚住同一屋的是个台湾姑娘，我这才意识到自己很久没有说中国话了，亲切得很！最主要的是她的手机有网络，热点功能一开

In another India

我也可以享受服务，从阿格拉开始已有半个月没有上网了，没有报平安了。

金庙的卫生间是我在印度遇到的寺庙里最干净的，定时清扫消毒，连洗手的水龙头都有热水，因为有吃有住有网络，还有干净的卫生间，顿时对阿姆利则的印象变得很美好，不禁想多留几日！

白天的金庙宁静安详，刚清洗过的大理石地板光亮如镜，站在某个角度可以清晰地看到倒映的天空和水池中央的镏金庙，水池中央飘荡的小船上站着位身穿白袍头戴蓝头巾的老者，协调自然，完全融合在四周风景里。原来他是在清理池中的垃圾，见我的镜头要

◆ 双手合十，欢迎你，远方的客人

◆ 大胡子的锡克人，其实很是温和

将他录下，他配合地做了个双手合十的手势，我也回以同样的姿势，弯腰大声说，非常感谢……他笑着摇摇头，典型的印度人作答方式，然后又悠悠地划船继续自己的工作。

在水池四周的台阶上，有许多手持长矛穿黄袍的锡克护卫，我想选一个能把护卫和金庙拍在一起的角度，向他确认完可以拍照后，又让他站在我需要的位置。护卫真是好脾性，虽然满脸严肃，但还是动作缓慢地耐心配合着，看我实在过意不去的表情，还用印度式的摇头示意，没关系。这里的人看上去都是拿刀的粗汉莽夫，靠近些才知道他们其实很温和良善。人，真是不能只看表象，有时候他们像一个个伪装的凶煞的恶人，专门吓跑胆小的，只有勇敢无畏的人才能去接近他们并且有所收获。

在金庙的几日,每天都在池边的大理石上呆坐很久,看裹着各色头巾的锡克人来来往往,听免费乐队抚琴弹唱,当慢慢形成习惯,我更不舍得离开!我总问看门人,我可不可以在这里再住久一点,他总笑着说,只能住三天。

好吧,有缘再见,阿姆利则!

降旗仪式堪比球赛

阿姆利则距离巴基斯坦首都——拉合尔只有 32 英里,因为印巴纷争,这个边界也是非常敏感的地带。在这里看过降旗仪式后,完全颠覆了我对这类场合的认识,我觉得它更像一场激烈的赛事。

和几个印度人拼车慕名而去,车里只有两位女性——我和一位 40 岁左右的母亲。依照她儿子的嘱咐,从女士通道穿过,在人群里找个靠前的位置,方便拍照。

在等待的时间里,伴随着鼓舞人心的音乐,看台上的女士们纷纷跑上台去,扛着国旗进行接力跑。当欢快的音乐再次响起,女士们自然而然地舞动起来了,印度人能歌善舞,在严肃的场合也能舞得非常起劲。我被旁边年轻的印度姑娘拉上台,那时才明白自己有多笨拙,动作极不协调,僵直的身体没有一点律动。在厚棉衣的包裹下,我就像一个竖起来来回摇晃的不倒翁。姑娘说,跳舞很简单,举起你的双手,尽情扭动你的屁股吧。可是,真的好难!

降旗仪式开始了,头顶一把红扇的军人在听到口令后,把腿抬

◆ 头顶红扇的旗手，走路的姿势更是惊天动地

到 90 度高，手臂甩成前后一字形的夸张动作迅速向旗子方向走去。他们走路好用力气啊，感觉一脚下去能踏出一个洞。一位像是裁判的穿白衣的印度人用激情高昂的手势向男士区域鼓动，再用挑衅的手势指向巴基斯坦方向，随之而来的是，观众席一浪高过一浪的呐喊。看过比赛的人都会明白，那种看台上夹着挑衅的表情和呼喊。在边界门另一端的巴基斯坦人也不甘示弱，用更大的声音呼喊着自己国家的名字，极力压倒对方。军人们变成了球员，观众变成了拉

In another India

◆人山人海的观众席，后来变成了拉拉队，声嘶力竭，呐喊助威

拉队，声嘶力竭，呐喊助威。

在台湾时也看过一场降旗仪式，庄严的美感令人窒息，而这里是喧闹的，文化不同差异很大。旅行的好处就在于，能让我们见识到这种差异并深刻理解。我明白，从小接受的文化熏陶决定了我们的做事风格，这种降旗仪式是印度独有的，它也只会在印度存在。

不期而遇也会有跃动的惊喜

身在异乡随处都是体验

原本打算去达兰萨拉，在买火车票的表格上清晰地写着它的名字，但出票时写的却是 Dehradun。Dharamsala 和这个地名虽然只是

In another India

首字母一样，可后面差别也太大了吧。跟售票员确认，对方草草地回答我，说这就是同一个地方，我想也许是达兰萨拉的另一个名字吧。个性太随意，出差错是在所难免的。

在路上久了，就养成一种随时随地都能入睡的本事，这也是苦驴必备的生存要素吧。当我裹着大围巾从香甜的睡眠中醒来的时候，旁边的印度人告诉我，终点站到了。下车后询问附近的当地人，然后人家用确定以及肯定的口气告诉我，这里正确的名字是Dehradun。

在火车站里定了一下神。在这种低级错误面前，我也觉得无所谓，是达兰萨拉与我无缘吧，上天把我带到这个叫德拉敦的地方，那就在这里好生呆着，身在异乡，随处都是体验！

坐在椅子上翻看旅游攻略，似乎没有感兴趣的地方，想先找个地方落脚。来来回回的路人中有一位在此地

◆ 猴子盘坐在横空生长出的树枝上，像一位圣者，安静地注视着我们

075

工作，准备回穆苏里休假，详细介绍了一番并建议我去那里。查看一下地图只有两小时车程，关键是德拉敦无甚兴致，而穆苏里是印度有钱人的消夏盛地。

沿山路盘旋而上，一幢幢别墅洋房傍在山腰炫耀着自己的富足，再加上前几天一场冬雪的衬托，像极了欧洲冬日小镇的幽静雅致。林间道上，还不时地可以看到许多爱显摆打开尾伞的孔雀和调皮的猴群。这里不仅在地理环境上有别于前面去过的城邦，生活水准也明显优于别处，有许多西藏同胞早年移居到此，并有藏传佛教的寺庙和僧侣，以及远处的雪山，这样看看，倒有点像Dalamsala。既然不能去那里，我就在这里捕风捉影。坐火车快到Dharadun的路上就已发现，附近的农树村有些类似中国南方的一栋栋二层小楼，农田灌溉系统很早就采用节水系统了，这比我国北方农村可是先进了很多年了。

这位印度青年——我总是记不住曾遇到的帮助过我的人的名字，他英语讲得不利索，指着远远的一座山顶，说，那里可以俯瞰整个小城，也是看日落最美的地方。说完他就扛起我的背包向前走，60公斤重的包，他居然背着爬山大气都不喘一下，还得时不时等我这个只背小包还不住停下来歇息的弱菜，他可真够牛的！

越往上走，空气越清新，深吸一口浑身通畅，蜿蜒的山路和那些欧式的尖顶建筑在一场还未消融的大雪的映衬下，越发显得优雅了。远处是白茫茫的雪山，近处是环山而建的房屋，一层一层，披着彩虹。我坐在山顶的一间小茶铺外面，要了杯热热的印度奶茶暖手，看围栏外悬崖边的树上乖巧的猴子被太阳晒得打瞌睡。

这里真的很美啊，印度青年果然没有骗我。

In another India

最质朴纯真的待客之道，最温暖人心

离日落还有一点时间，还是先下山安顿住宿吧。

先前在瓦拉纳西时，在一个印度人店铺买了些针织品，好客的他便邀请我去家里吃饭。之前韩国妹子说过，他家人做的饭要比外面店铺好吃多了，果不其然，恰巴提和炒饭以及从未在饭店尝过的菜式，尤其是一道稍有些辣，味道极佳长得像丸子的多种蔬菜球，真让我改变了一些对印度菜的看法。

◆家徒四壁

◆最纯朴的待客之道

今天,这位印度小伙儿在回程时顺道带我去他姐姐家串门,家里很穷,两个孩子却很懂事。大女儿既煮茶又烙饼,为我们准备晚餐,然后特意从床头柜里拿出一套全新的彩色玻璃碗,为我盛食物,两道简单的菜,味道却很好,除了像在瓦拉纳西尝到的好口感外还夹杂着对他们的感谢。因为我看到这个家徒四壁的印度人,用箱子里全部的鸡蛋为我做了菜,而且印度小伙儿说只有过节时才会用这些碗。最质朴最纯真的待客之道,才最温暖人心。

因为要急着赶回阿格拉去过开斋节,明天得早早离开,便婉拒了他们的留宿。与他们道别时,小孩儿羞赧地躲在妈妈的后面,向我挥着小手。

匆匆来过,却给了我别样的经历。旅行,没有计划,不期而遇,也会有动人的惊喜,不是么?!

在克久拉霍，
遇到一位穆斯林先知

这世界依然美好

我乘坐的这一节车厢里都是背包客，有的独自旅行，有的结伴同行，巧的是都来自韩国，据说是韩国本土攻略里把克久拉霍列为必去的地方。坐满韩国人的车厢里格外安静，各自静默地做着自己的事情，同根同族之间倒比陌生人还陌生，只是偶尔跟我这个外国人会聊聊天。这就像是文明社会的本能，通有的城市病，现代格子建筑把人与人之间的距离愈拉愈远，每个人都习惯性地封闭在自己的小空间里，门上贴着"非请勿扰"。旅行的几个月遇到许多日本朋友，他们说自己在国外旅行时，也很少跟自己国家的人打招呼，大部分时间都是与其他国家的旅行者谈天说地，一是因为本能的疏离感，二是创造了解其他国家文化的机会。

我也有这个毛病，总是在自己的世界里沉默着，安静地注视周围的一切。

◆早早就被列入世遗的性庙雕塑

  在车站与一位韩国男生拼车到克久拉霍的市区，在 Hotel Yogi Lodge 安顿好行李，150 卢比的大房间，有热水有 wifi。

  来克久拉霍的游客，都是冲着 1986 年被列为世界文化遗产的庞大性爱雕刻群而来，为领略这独特的建筑艺术而来。雕刻群共分为东群、西群和南群三部分，保存最完整最壮丽的是西群。站在住所的前台跟老板商量摩托载我逛东群和西群的价格，黑心老板商讨很久不肯退让，来客栈串门的邻居小伙 Rajan 自告奋勇说，他可以载我逛一圈，还只收 100 卢比，我欣喜地跳上后座出发了。

  Rajan 介绍说，自己在德里西班牙公司工作，这几天回来休假，并出示了自己的工作证。他很有耐心地讲解了一番东群的历史，在等我参观的时间里与路过的小朋友们一起逗乐，给他们买了零食再回到寺庙门口等我，真是热心又有爱心的年轻人。去了东群之后，他说可以带我去附近已有八百年历史的村庄走访，把村子里的各个角落都介绍一番，又邀请我到他的好友家喝茶参观老宅。坐着聊天的大叔大婶们见到他亲切地问候一声，小孩子们也喜欢凑上前来，他还会拿出些零钱分给他们，所谓人见人爱，大抵也就是这样了。

  真是好人做到底啊，结束行程时连我那 100 卢比也免了，他推搡着说自己只是尽自己所能而已。我不免又会想到信任的问题，许多时候这种善意的帮助总是让人怀疑它的动机，可是印度却一次又一次地颠覆了我的思维，比如清说她去年在印度遇到的一个当地人不仅无偿帮助她，今年再访时还邀请她去家里认识他善良的父母妻子，在她学佛的过程中这位印度人也给了她很多帮助。这个世界上有恶的存在，但也有许多无偿的奉献，它让你相信这个世界依然很好。

他朋友的酒店是观看西庙群灯光的绝佳地方。傍晚的时候，两张椅子，两听啤酒，在未去参观庙宇前，先一睹它夜里的风采。按印度的条件，它当然不能与其他发达国家的灯光那么变幻夺目，它充其量只是几盏射灯在各建筑之间反复地交织扫射。我更感动的是，坐在硕大空旷的阳台上喝啤酒，边看神庙边聊天，当聊起他的工作和恋爱经历时，顺便提到了穆斯林先知。他答应带我明天去拜访，这也是我在克久拉霍最传奇的体验。

痛哭，因为真实的自己再也无处躲藏

先知有一间专门售卖克什米尔用品的店铺，他用经营的钱建了好多贫困小学。因为发生在 Rajan 身上的经历，我多了一份好奇，

想看看这位先知对我的事情知道多少。早饭过后,我俩迈进了先知店铺的门。门侧柜台后的地毯上,一位长着满脸白胡子的老爷爷正在做礼拜,一身白衣,神态安详,想必就是他了。

待到礼拜结束后,我坐在他的对面,深知有些不够礼貌仍直视着他的眼睛。不似十七世活佛噶玛巴般深邃,微凸的淡蓝色眼球,直射的眼神仍有满满的威慑力和深刻的洞察力。不用我言语,他盯着我的脸,就说出了许多小时候发生的事情和成长经历里事情的具

体细节。我略感震惊,继而说出了一直以来我的心结,以及关于工作的困惑和健康问题,以及关于前男友的姓名住址和我们之间的矛盾。我把双手放在他的掌心,心理活动也被一一道出。听到他对我所有事情和心理活动细腻的表述,就像一个人赤裸裸地把自己摆在人前无处躲闪一样,既怕被人全部看穿,又有种终于有人能理解自己的解脱感。在他的面前,眼泪怎么也不能自制地流下来,从不在陌生人前落泪的我,此刻却因为被老者知遇洞穿再无处躲藏,而痛哭流涕。原来一直是自己束缚自己,不肯放下而已。

起先我以为,有些事情只要是一个稍懂法术的人都会讲出个一二三来,但再想到他说的所有细节都是自己经历过的,而且我也并无可图之处,不过一个旅人,身上也无多余的银两可骗。身体是最诚实的语言,潜意识的身体行为是一个人最真实的呈现,我微闭着双眼,眼泪不由自主地流了下来,越是克制却越泪流不止。我知道他说的是真的,他的许多建议,是想要帮助我。

离开前他说,任何事任何决定只在于你的心,你的爱,这是你一切快乐生活的来源。这些话何止一次有人对我讲过,但道理通常需要与自己的亲历相交合才会真正转变成收获?

那一天,我明白了。

跟着心走,准错不了!

◆ 知遇老者

越模糊越遮掩才越要探究

逛西庙群时遇到一位上海男生 Vicent，看了一圈领略到雕刻艺术的奇特后，便坐在寺庙的阴凉外聊起了政治。对我而言，这个寺庙只是一个建筑遗迹，上面刻画的性感动作只是当时文化的一种遗存。性，这个事，只有在私交的两人世界才会有神秘感，摆在台面上就把它当作艺术，它和油画里的裸体一个道理，是意淫产物。

许多事物都一样吧，越模糊越遮掩才越要探究，透明敞亮反而会让人从不同的角度欣赏思考。

紧挨西庙群的南墙边有一座庙宇里供奉着印度最大的林迦，每晚都会有祭司举行祭拜仪式，外国游客很少光顾。我在 Rajan 的陪伴下，安静地看完了整个祭拜的过程。它与瓦拉纳西河畔婆罗门徒的表演不同，都是同样的法器和唱诵。普通信众的虔诚比河畔表演秀更多了一分对神明的恭敬，所以这个寺庙里的庄重感就完全不同了。祭司在我的额头点了吉祥点，分了糖果和一把受洗的大米，从此，我也算参加过完整纯正的印式祭祀的人了。

◆据说这是全印度最大的林迦

一抹淡粉诉柔情

有花的地方就容易有笑容

　　从 Fatehpur Sikri 到斋普尔只需三小时，突突车司机把我带到路边的一个栏杆处，说是客车都会在这里停下等人，正好有几个印度人站在行李边，也是等车的样子。司机人很好，看到旁边一位年轻小伙便上前嘱咐他，多照顾我，因为我是单独一人而且是女性。车子来了，卧铺车厢上下铺里坐满了人，一双双穿鞋的脚冲着过道，有些人路过时不小心就会把脸贴上去。过道上也挤满了站着的人，煮饺子般，把汗味，脚臭味和一股刺鼻的狐臭味混在一起。因为我是外国人，司机带着我俩穿过人群，在最后排的位置把印度人赶起来让坐，正想为此感谢他，刚入座，被吩咐照顾我的小伙就与司机吵了起来。原来是他向我要的票价远远高出了当地人，幸亏有这位小伙在，我才又躲过挨宰的一劫。

　　斋普尔是印度旅游金三角的其中一站，住宿要比先前去的城市贵很多，突突车司机带着我绕了好久才找到一家叫做 Hotel Banipark Palace 的宾馆，房间装修得很有印度风情，可 400 卢比对

In another India

我来说也贵得割肉啊。老板说自己经常去中国出差旅行，说中国人讲话听不懂而且大多数人不会讲英语。他对中国的发展赞美一番，讲起厦门的美丽，我俩倒是颇有共鸣。

斋普尔因为规定建筑物必须用浅砂岩建造，严格进行色彩控制，因此得了一个美名——粉色之城，其实它并不是粉红色，是介于锈红和桔红之间的颜色。粉城是指老城区两块呈正方形的连接区域，有11道门连接外部，重新被粉刷的墙壁焕发崭新的气息，整齐有序的街道可以想象几千年前的文明高度。后人将其变成热闹的集市，物品齐全的商品店铺能买到各种日常所需。外部的新城区建筑已被求新求异的现代人贴上了自己的标签，色彩风格更加多样了。我住的酒店附近是各种风格的二层小楼，城市建设比其他区域富裕，考

究的家庭还有独立花园，花木扶疏，攀蔓满墙形成了花幕。

有花的地方人就容易有笑容，心情也自然会愉悦，这里的妇女们看上去的确与别处不太一样。

来到这个城市后，我觉得自己越发懒惰了，不但有免费的wifi，还可以在楼顶远眺古城的风貌，再看看墙上画中邦主和妃子的深情对视，一抹淡粉诉柔情，由此就能感受到斋普尔的气息了。

不自由，毋宁死

最后两天觉得必须去趟古城了，乘坐人力车到达粉城后，在city place问了门票价格及简介，兴趣寥寥，索性在旁边的小摊上买瓶水和印式炸面包当早餐。然后坐在马路对面的椅子上悠闲地晒着太阳，后来花60卢比租了一辆突突车，要司机带我到那些免费、游客又少的地方。

In another India

◆ 如若我生在那一代，想必离经叛道罪孽深重

先到达风宫，在外面观赏是不要钱的。一位当地年轻人指着马路对面的二层楼说那里视野最好，并带我爬到楼顶，果不其然，视野开阔，整个宫门与拥挤的车流都收入眼底。这是一座粉红色半圆形 5 层纯印度风格的建筑，顶部一座座拱形圆塔，彼此相连，宛如一座塔山。正面有无数扇用红砂岩镂空雕成的八角形窗户，密如蜂巢，拱形的窗楣雕以各式图案，十分精美。据说，这里是供后宫嫔妃登临远眺的，享尽荣华不能外出的妃子们只能通过小小的窗口，与外界沟通。想来"不自由，毋宁死"的现代格言在她们那个时代肯定是大逆不道吧，如若我生在那时，肯定离经叛道罪孽深重啊！

连琥珀堡也不想去看了，在粉城的街角买了两份新鲜果汁，装入自己的杯子，边喝边漫步。又有一位印度青年带我到街道边一家商店的二楼顶层，说可以看粉城的全景。我们的到来打扰了这里的居民——一群猴子，它们冲着我凶横地呲牙咧嘴。

然后，我落荒而逃。

把灵魂融入细密画

"无论是调色、装饰页缘、编排书页、选择题材、勾勒脸孔，描绘纷乱的战争和狩猎场景，刻画野兽、苏丹、船舰、马匹、战士以及情侣，没有像我那样专注地把灵魂的诗歌融入绘画中……"

——奥尔罕·帕慕克《我的名字叫红》

斋浦尔素以手工业闻名，象牙雕刻品、木制漆器、打结制品等比比皆是，古典细密画则更震撼人心。

　　细密画，顾名思义是一种小型绘画，一般是装饰书籍的插图。印度细密画则继承和发展了波斯细密画的传统，常用的颜料约有25种，全是天然石料磨成。莫卧儿时期的拉贾斯坦细密画绘画传统是流水线作业，构图是老师的事，着色是学生的事。拉贾斯坦至今还有很多民间画坊，仍保持着古老的传统，老师不收学费。如果作品卖出去了，扣除纸张、颜料等成本，老师和学生按比例提成。

◆细密画像看得见灵魂的镜子，照射着印度的过往、曾经

　　漫步小巷时发现几家店铺，在博物馆看到的精美作品，被许多被民间艺人临摹，印度的神话，史诗故事，人物鸟兽等等惟妙惟肖，画师们把印度的灵魂都融入了细密画。我最喜欢旧纸新作的画法，有些百年甚至千年的发黄旧纸上绘制色彩生动的各种图案，赋予旧纸新生命的再生画法很有创意，历久弥新，让人爱不释手。在集市里还可以买到克什米尔羊绒围巾，金银首饰，骆驼皮鞋，丝绸印布、印度精油、印度香、茶叶等等充满印度特色的商品。许多穿着纱丽的印度人穿梭在店铺间，粉城里处处是喧闹和繁忙。

◆斋浦尔素以手工业闻名,深巷里的作坊密密麻麻

在街边的小摊上要了一份 Gola Gappa,这是一种油炸的空心小球,抠个洞塞入土豆泥或者豆子浇上红色甜味酱和绿色的薄荷酱,再浇些绿色的带点甜的酸水,有时还会在上面淋上酸奶,在印度许多城邦都会看到售卖这种小吃的小推车。

一盘吃完了,摊主又给了两个,说是免费赠送,我也高兴地为他们拍了张照片道谢。静静回味着口感,才慢慢返回住所去见两位在缅甸时认识的日本朋友,时间流转,我们又在印度重逢。

世间所有的相遇，都是重逢的循环

油画乡村

从斋普尔火车站煞费苦心地摆脱了一位印度青年粘糖般的纠缠，匆匆跑上火车前往新德里。要去印度的首都了，来之前大脑里全是国内朋友提起的强奸案和反复的叮嘱，心里却很坦然，有活佛和在克久拉霍先知给的护身符，双层保护下再出什么事，那便是不可预知的事了，倒不如调整心态顺其自然。

火车一路穿梭在乡间，冬日里遍野的油菜花开得正旺，各种色彩的房屋零散地点缀在田间，挂在树梢的纱丽迎风轻扬，穿着各色纱丽的妇女们劳作在黄绿相间的地头，相比中国农村的单调，印度的乡村是幅彩色油画。

有位色彩专家说过，丰富的色彩现象会使人感受到色彩的情感，更容易产生幸福满足感，难怪看到的印度人贫穷而不忧愁，也许这就是其中一个原因吧。

其中印象最深的是一位头裹白巾身着白色托蒂的老人静坐在一棵枯树下的场景,傍晚的阳光穿过树枝把影子拉得细长,四周是无际幽远的油菜田,老人若有所思地望着远方吸一袋烟,烟雾飘漫,我从火车里望得痴迷……

宝贵的缠绵之所

Pahar Ganj 是新德里的背包客聚集区,从二手的攻略书里查到的 guest house 已停止营业了,站在夜灯下熙攘的集市里,继续搜寻住宿的信息。旁边的一位印度中年人寻问我是否在找住所,抬头一看悬在楼上 Hotel Payal 的桔色竖牌子发出淡淡的霓虹光,多人间的床铺200卢比,还有免费的wifi,就定它了。

屋里都是韩国年轻人,小安睡在我旁边的铺位,与她真是有剪不断的缘分,之后在亨比,在马杜赖又意外地重逢了。

她认识的一位美国歌手和朋友在新德里等着回国的日子,闲来无事找小安玩,相约一起去位于市中心的洛迪花园。它可大有来头,是由15世纪的赛义德王朝和16世纪的普什图族洛迪王朝兴建。

◆ 洛迪花园是印度情侣谈情说爱的绝佳地点

　　进入洛迪花园，一片翠绿郁郁葱葱，各种鸟类在林间上下跃动，清脆啼鸣。几座不同年代的伊斯兰建筑矗立在不同的草坪上，与细密的古兰经雕刻和剥落的残缺不全的精美拼贴，一起证明着花园的历史和沧桑，如果没有它们，洛迪花园就完全是一个新德里的现代标签了。

　　这里是一个打破传统的地方，树林里处处是躲在暗处的情侣，拥抱在一起窃窃私语，有时还会看到一些秘密约会后衣衫不整的狼狈样子。很多外国人经过时冲着他们起哄叫喊几声，然后大笑着离开。越禁忌越美丽的印度，虽然创造了爱经，但大多数年轻人婚前都和家人住在一起，因为贫穷一大家子挤在一起，夫妻亲热更是一种奢侈，公共场合自然成了宝贵的缠绵之所。宝莱坞电影的风靡全国，对传统形成了一种挑战，公园里有许多印度中老年人散步，他们说这有伤风化，可我觉得这无关风化，只是社会开始进步的表现，是社会的自然运行。

　　小安因为买了当晚五点的火车票去阿姆利则，在公园里不知不觉地花掉了很多时间，再看表时已经四点，四人匆匆折返坐地铁回住所取行李。欲速则不达，出错了地铁口，在谜样的街道里找不着方向。记不得在匆忙里穿过了多少条巷子，菜市场、挤满了推车的五金街、卖粮食的弄堂、各种水果的店铺……问了好几个当地人火车站的方向，在模棱两可的回答里绕不出去。他们又气又恨，走得实在饿了，就站在街边的小吃店旁吃起了 samasa 和 Lassi。因为饥饿，食物也变得比原来更美味了。

　　时间早已过了火车的出发时间，凭着感觉绕到大路坐了一辆人力车才回到住所，在匆忙迷乱里，却看到了新德里的真实生活，不同于 Pahar Ganj Bazaar 饭馆酒吧林立的霓虹闪耀，专赚外国人钱的商业，这里是脏乱的市井百相，这才是印度。

下一站去日本

小安去了车站，我的两位日本朋友从斋普尔返回，明天飞回东京。在斋普尔楼顶吃晚餐时畅聊在彼此身边发生的事。第二天我去了新德里，他俩相继回到这里，继续上次意犹未尽的畅谈。

从到印度的那天开始，两人一直轻微腹泻，只能找放心的地方吃饭。在这点上，中国人百毒不侵的胃略胜一筹。

当地人告诉我们，这里有一家干净的可以吃到正宗 Butter Chicken 和 Tandoori Chicken 的餐馆。寻着指示的路线很轻松地找到 MALHOTRA RESTAURANT，里面坐满了外国人，共二层的餐厅空调开到舒适的温度。这两道菜的味道真是不错，Tandoori Chicken 比在法塔赫布尔西格里吃的那顿不知要好多少倍。

聊起在缅甸一起认识的中国男生阿亮新找的法国女友的种种近况，另外一位同行女生在印度旅行的经历，他们在印尼和老挝的见闻以及各种细节……因为太兴奋聊天的声音太大，居然被临出门的外国中年人投诉了，我们聊得忘情以至于忘记自己的形象，不得不换到临街的酒吧又聊到深夜才不舍作别，他们反复邀请我到他们日本的家中作客。

世间所有的相遇，都是重逢的循环，下一站我真的想去日本。

穿越到中世纪看长袍缥缈的风华

朋友都离开了,我懒得哪儿也不想去,在住所附近的街上买两杯鲜果汁,坐在台阶上发呆。然后看看在瓦拉纳西时遇到的上海大叔给我的那张胡马雍陵的门票,怀着不能浪费的心情逼着自己上了汽车。

胡马雍陵是莫卧儿王朝第二代皇帝胡马雍(Humayun)的陵墓,建筑风格是阿克巴时代莫卧儿建筑发展的一个里程碑,它巧妙地融合了伊斯兰建筑和印度教建筑的特点,开创了伊斯兰建筑史上的一代新风。正方形的陵墓坐落在芳草如茵,丝柏成行的长方形红砂石围墙的陵园中间,大理石半圆球像宝石般优雅地嵌在陵墓顶部,红砂岩墙体上用白色大理石做装饰,远远看去威严宏伟又明亮端庄。爬

In another India

上台阶进到内部,看到胡马雍和皇后的石棺安放在寝宫正中,两侧宫室放着莫卧儿王朝5个帝王的石棺,阳光从镂花的圆弧形窗陵格里折射到内部,影影绰绰,有些中世纪的神秘感。

恍惚间,我总想穿越到那个时代,去目睹一下那个年代长袍缥缈的风华。

站在陵墓的二层远眺,游客很少,整个陵

◆印度小孩很开放,不认生,很容易互动

园静谧安详，不远处的林子里的几个工作人员闲来无事，一跃一跳地摘树上的果子，没摘到几个叶子便落了一地。

又过了一会儿，许多小学生在老师的带领下来参观了，奔跑呼喊着向陵墓冲来。见我端着相机，他们不住地"say hi"并摆出各种姿势。这会儿的陵园不再寂静，充满了欢笑声。

回来时路过印度门，下车溜达一圈，给它拍个标准照。前方宽阔的马路两旁，前两天刚举行完国庆典礼，现场还在搬运桌椅，围栏里的牡丹正开得娇艳。

孟买是印度的大上海

重口味的火车站

在印度旅行，乘坐火车是最方便也最省钱的方式，极大地满足了我对乘火车慢慢驶向目的地时，欣赏不断变幻的沿途风景的偏爱。一站一站停顿后重新出发，有些人陪你走一段，有些人伴你到终点，短暂的相遇又匆匆地离开，像极了人生中的一面之缘，走过的路，经过的事，不能永远也不能留恋。

从新德里出发要去孟买了，从南到北一张卧铺车票24小时仅要500卢比。离火车到达的时间还有一会，背着包溜达看看火车站，车道真是惨不忍睹，也许是人流量大的原因，它的火车轨道比其他已去过的城市的火车站更脏，可是，这里是首都啊，我的思维又一次被印度颠覆了。

印度是亚洲最早拥有铁路系统的国家，它的火车系统极其发达，实名购票退票制度很早就实行了，老态龙钟的绿皮火车穿梭南北周游全国，被游客们称作"火车轮子上的国家"。自由随意的印度火车站，最让我称赞的是男女分开的候车室和卫生间洗澡间的配置，

对像我这样的背包族真是方便至极。在印度最后几天的旅行因为时间关系，前一天晚上都在火车上睡觉，清晨到站后在女士候车室洗澡更衣，再精神抖擞地到街市上观看，深夜又在这里安全无忧地等车充电。

一块毛毯是他们出行的标配，有些乘客在冬天冰冷的地板上将毯子一裹席地而睡，有些人则是找个空地，把吃的喝的摆齐全，盘腿而坐，一副户外野餐的休闲派头。来往行人脚步踏起的尘土，火车轨道上包括粪便（印度的火车没有排便系统，跑遍全国的火车沿路铺洒这些排泄物）、刚吐出的满地鲜红的槟榔汁、盛食物的叶盘以及其他各种食品包装等垃圾铺满了铁轨。

◆去孟买的火车上，稚真的小女孩慢慢地，一点一点吸吮番茄酱，最可爱的是她生怕吃完再无处可寻的表情这些垃圾散发出的刺鼻的臭味，以至于我现在写游记回想起当时的场景，都有种还能闻到那股扑鼻味道的幻觉和压抑着恶心的冲动，而这一切，坐在毯子上的他们却视而不见，仍旧悠然地享受着自己的恰巴提和手抓饭。

习惯真是个可怕的东西，他们中大多数人没有见识过除印度以外的世界，认为这种环境这种状况是再正常不过的普遍现象。大街上的脏乱早已成为生活的一部分，所以人们才那么坦然。我在这里待久了，也暂时修炼出一种面对这种状况熟视无睹习以为常的态度。

火车站还有一种常驻动物——总是可以看到肥硕的老鼠穿来穿去，鼻子贴着地面嗅着食物。那时的自己早已对此见怪不怪，有一次我竟然盯着一只老鼠，看它叼着一个几乎和它身形一样大的印度炸面圈，跃过几道铁轨跑向靠近站台的轨道，准备把面圈拖入自己的洞内。但因为面圈太大叼着爬墙时总是滑落，它不得不反反复复地爬上爬下。徘徊在面圈前思索如何进洞的整个过程，回神后才发现，自己在印度呆久了，口味变得越来越重了。

这里依然是印度

正如上海大哥告诉我的，救世军红盾宾馆是孟买最便宜的住处了，250卢比一个床位，正因为便宜，来得晚了自然就客满。载我去Colaba区的出租司机是印度教徒，车开得很慢，像个偏执狂似的，

一路对我抱怨穆斯林的种种恶行，我附和着一笑心里却在抓挠，希望能尽快把我带到住所，结果还是被告知客满，住在了另外一个宾馆的隔板间。

救世军红盾宾馆对面是泰姬玛哈酒店，酒店附近的街区是孟买的繁华地带，饭店和售卖各种商品的店铺林立其中，许多印度本土的精美商品摆在橱窗里，有些曾在北方邦见到过，摆的位置不同，身价就翻了几番。有个卖古董的小店，外面的装修极其考究，内里摆着从不同地方收集回来的或西式或印式的乐器、钟表、相机、书画等，琳琅满目，简直就是一个小型的古董博物馆。老板是个很温和的印度人，笑呵呵地向我介绍他的宝贝们，讲述着它们由来的故事，旅行就是故事的搜集和累积，我最爱听这些趣闻了。

沿着酒店后面的 Mere Weather Road 漫步，在交叉的路口就可以看到海滨大道。远远看到，海滨初升的朝阳和满天朝霞映红了整个海面，海面上是由远及近的帆影，这些画面深深地印到我的脑海里。傍晚的时候，吃完晚饭在干净的海滨大道散步吹着海风，树影摇曳，对面是雄浑的印度门，

◆古董店老板讲起自己的宝贝，总是如数家珍

◆维多利亚火车站是印度最美的火车站

星星点点灯光下映出的繁华，有种近似于上海外滩的景象。

这里是印度，这里的独特风情不同于北部，更有度假般的闲适和轻松。

一直通往维多利亚火车站的一条大道树荫遮天，两边是年代悠久的欧式高顶建筑，像上海南京路一带的殖民风格，建筑群汇聚了许多家银行和手表珠宝店，我则对那里的书店和画廊更感兴趣。

一家艺术展览馆正在展出画作，画家本人都坐镇现场亲自售卖，展出多久就在现场待多久，如有对画作想了解的看客可以直接跟画家沟通，这一点与国内完全不同，国内基本都是以画廊代销的形式，画家只管专心创作。一方水土养一方美学，一个国家的文化构成，艺术文化是必不可少的部分，这儿的很多画作里都可以看到宗教的影子，创意不同，选用的形式和材质也不同。

一路散漫，无意中走入一间图书馆，推门而入，它完全是我在欧洲电影里看到的那种书店印象，高穹顶，复式的二层，玻璃上镶嵌着欧式图案的彩色琉璃，悬挂在柱子上复古风格的灯，高档的木质楼梯和栏杆散发出淡淡的果木香混合着书香的温暖，真想一

直呆在这里啊。坐在舒适的皮椅上翻看了很多书,抬起头又环视了书店很久,才恋恋不舍地起身,买只精致的镂花书签,转身离去。

再一直往前走,维多利亚火车站也是孟买久负盛名的建筑,也

是我最喜欢的印度火车站。宏伟的哥特式建筑还因地制宜地融合了印度的传统风格,由英国建筑师威廉姆·斯蒂芬设计,现在不仅承载着火车站的作用,也几乎成了游客必去的一个拍照景点,远远近近,都是举着相机和手机的人们。这天是阴天,看着它的样子就不由得幻想,假想着它若干年后失去作用,失去色彩,人流不再潮涌的时候,在阴雨天里更像是欧洲的科幻片古堡了,雷鸣闪电,还飞出一个飘浮的恶魔。

啊呀,太爱幻想,入戏太深,吓得自己一个激灵才回了神。走到内里,购票厅像印度的很多古建筑一样缺乏维护显得有些破败。仰头看去,一些没及时更换的昏暗灯泡旁边,结着细密的蜘蛛网。

这还是印度,一样的拥挤、嘈杂、喧哗与混乱。

看电影差点吓尿

在印度不看一场本土电影不体验一场荧幕上的欢歌艳舞,总会感觉旅行里缺少点什么,像未了的心事一样记挂着。在Colaba区有一个简陋的电影院,如果不是门口影讯栏里贴的那几张海报,压根不会想到这是电影院。没有大门的房间里,一个女孩站在玻璃柜和冰柜前售卖零食,在她身后的右边有一扇有铁护栏的窗口,我买了张《3 DIVID》的电影票。开映时间未到,所有的人在门前的台阶上坐着等候。

门口的警察安检完进入影厅,一段广告结束后,调整好舒适的坐姿,悠悠地准备进入观影状态。这时,所有的人突然都"刷"地站了起来,动作之快始料未及,吓得我也跟着迅速窜起身,然后才看到屏幕上飘动的印度国旗,接着听到国歌响起,原来这是印度所有电影院的法定程序,这声响和动作真是要把人吓尿了。

电影是纯印度语,没有字幕的,但故事情节很好理解,南亚海滩的风光拍得唯美,为接下来的果阿之行提前预习了。场内一会发出爆笑一会看得憋气,电影里不仅有印度式的搞笑、歌舞,还可以看到印度现在对电影的尺度把控放宽了许多,不再像之前旅人们告诉我的——接吻画面全部被伴着歌声随风摇摆的树枝画面替代。

印度也变得开放了,而且不变则已,一变就出人意料,印度人总是不按常规出牌。

时尚大都市少了创意展

旅行,行万里路,不只是看山看水看风景,对我而言,更重要的是为了让自己见识世界,成长学习,丰富思想,更好地成为自己想要的样子。因此,在一个陌生的地方,除了去一些感兴趣的景点外,我还不住地搜寻对自己爱好和工作有帮助的事物。在上海工作

时特别留意各种时尚和创意展览，哪怕是印度这样不时髦的国家，我也依然犯职业病。

说孟买是印度的上海，原因之一就是这里的各种时尚创意展览占了全国比例的60％。穿梭在去往维多利亚火车站道路两侧的一幢幢古建筑里，会发现有国家地理的图片展，尼康公司自办的摄影展，多个画家不同风格的画作展，一些服装品牌的设计展……还遇到了一场比较大型的设计学院的学生作品展。

在印度看展览，他们没有过多的宣传品在展场周围发放。这场户外的展览从外面看去，只是由很多块蓝色防火板围起来的一块大场地，如果不留意，贴在上面零星的几张海报也会被当作是恶作剧。

◆小女孩在展览一角与同伴玩起了自己的新玩具

◆ 现场搞怪

要进入场内，还得先通过围栏入口的安检门，等穿制服的警察搜身，以确保安全。

围栏内外完全不同了，热闹熙攘的人群直冲眼前。往前几步就是主展区，挂着各色彩旗的细线，纵横交错地织成一层天幕，在线上还挂着展翅飞翔的各色蝴蝶。上展区的气氛被营造得光怪新潮而不失活跃，展览布置不仅在材料上物尽其用，有的还长出想象的翅膀和犄角。

宗教，从创作者的心里跃到了展览上，印度教里的许多动物神灵，都被人用精美的木头做成面具悬挂其中。

一群穿着时髦的青年男女，争相摆出搞怪的表情与展区合影，

119

年轻人就是青春活力的代名词，这一点没有国籍之分。

整个展览区域是长方形的，在两个长边的位置安排着许多小格的商铺，汇集了印度的创意产品公司，灯具、钟表、服饰、首饰、餐具，琳琅满目，商家们细致地介绍他们最新的产品，看客们饶有兴趣地听着。在一家卖细密画的店前，我与店主聊起了天，六十多岁的画师来自斋普尔，旧纸新画的技术非常精湛，古旧的牛皮纸是父亲和祖父收集传下来的，一张画要好几千卢比，我说没有钱，他竟然说要请我吃中午饭，生意不成还请吃饭，这是印度人最独特的买卖经。

孟买是印度的时尚之都，就像上海之于中国。街上穿着时髦的行人，装扮精美的橱窗，汇聚艺术的画廊和展览……

我喜欢这座城市！

◆远处高楼与近处的破旧屋棚

城市洗衣场里的首陀罗

根深蒂固的种姓制

印度文化有着许多扑朔迷离的谜。宗教多样化,在它的国土上超过七种的宗教,没有哪个国家像它一样一直笼罩在宗教氛围里,它的传统文化里处处渗透着宗教的痕迹,也可以说是宗教发展构成了印度文明。瑜伽里蕴含修身和冥想的神秘力量;音乐与舞蹈让神话故事和历史事件充满无穷魅力;复杂的种姓制度造成的各种不平等现象……

在印度的几月,它带给我的震撼和冲击无法言喻。

再接着说一下种姓吧。印度教里它叫"贾蒂",从高到低分为婆罗门、刹帝利、吠舍和首陀罗四个等级。除此之外,还有一种更低层被排除的等级——哈里真,即不可接触的贱民。残暴的种姓制不仅在待物、饮食上有严格的划分,甚至变态到细分水井使用权。世袭的种姓在工作方面也世代相传,肮脏的工作永远属于低种姓群,婚嫁不能越级,女方要承担相当重的彩礼费,寡妇的命运就更惨了,在后面将要去的焦特布尔的城堡里这一点体现得尤为明显。

印度社会也在不断地发展，种姓制度里的许多规定也逐渐被现代文明稀释，但根深蒂固的传统在许多地方依然可见，哪怕是在孟买这样的现代城市，仍然可以在各个角落瞥见它的影子。

消融在污水里的职业

在孟买有两处都比嘎特（Dhobighat），即千人洗衣场，市中心城铁旁那一处是规模比较大些的，已有近两百年的历史了，它就是现代里的种姓活体。"都比"在当地是个姓氏，专指洗衣人，一百

年来他们厮守着祖辈传下来的这份职业,以此使他们的职业和身份可以世代相传。

在孟买的第三天清早,住所的老板告诉我去洗衣场最佳的时间是早晨和傍晚,天气不热,看到的洗衣人也多。从Colaba的Churchgate Sation坐城际火车,火车车厢是男女分开的,5卢比,只有三站就可以到达。

站在城铁入口的大桥上向下望,远处是林立的高楼大厦,眼前是破烂的灰色屋棚,若干水泥池子和数不清的晾衣竿,整齐地悬挂着五颜六色的衣服。视觉上的冲突和内心里的矛盾,朦胧中不由得质疑起自己眼前的景象。

◆ 洗衣厂现场

　　这个公共场所有好几个入口，游客的好奇和来访，滋生了一些专赚外国人门票钱的营生。门口有很多人无所事事，看着拿相机的人就会上前乱报价，几个欧洲游客先我一步进去了。先打听一个要价 500 卢比，再来一个要价 1000 卢比，我黑着脸说只付 100 卢比，要求带着我在里面仔细地走两圈还外加解说。虽比要价低很多，但腿脚残疾的人不用付诸体力就能轻松赚到钱，他也欣然同意了。

　　从一道幽黑的过道进到洗衣场里，地上到处都是泛着泡沫的污水，从城市各角运来的衣物打成包袱状堆叠成小山。向导带着我依次参观烧热水、浸泡、清洗、甩干、熨烫等工序，漂白池的蓝色液体里浸满了纯白色的衣物，我小心翼翼地踮起脚尖穿梭在间隔水池

◆门口待洗的衣物

的满是污水的石板路上，拍摄那些洗衣工的工作状态和场景。

先把衣物用去污水浸泡过，然后拎起来用力地在水池里的水泥板上反复摔打，传统的洗衣方式辛苦又费力，几乎全部是男性在从事这项工作，他们都把生命消融在洗衣的污水里了。在瓦拉纳西恒河边也可以看到用同样方式洗衣服的人，但宽阔的恒河岸上几个零星的洗衣人，在空间上更像是风景的装点，远没有这里密集的人群和阴暗环境来得震撼和强烈。

印度本身环境比较恶劣，病菌丛生，再加上整天泡在满是化学合成品的池子里，有许多人都有了不同程度的皮肤病，我看到一位中年人的手上满是皲裂，用水一浸掉了很多皮。在一个阴暗的区域，

◆ 洗衣厂现场

In another India

从微开的门里瞥见很多白色的包袱，向导说，这是医院的专用清洗池，发黄的白色床单上一片片灰黑的污渍和暗红的血渍，触目惊心。虽然是单独的区域，在这种恶劣和简陋的条件下清洗，污水流向了同一个水槽混合在一起，洗衣工们的健康难以保证。

还有一处专门清洗火车用品的池子，所幸在印度没有铺着床单的硬卧，高级车厢才有这种待遇，不然后面的旅程，我肯定要坐在硬座上度过长夜了。

这里每天清洗的衣服数量非常大，但价格却很便宜，一条床单15卢比，一件上衣加一条裤子仅要20卢比，工人薪水微薄，有的甚至长住在这里。参观了两家生活在这里的家庭，弯身进入一道低矮的门，屋内陈设简单，一尊神像，一张床，几个不锈钢炊具还有一些简单的生活用品，门口的裂缝里插着一大束鲜花，花瓣上还有晶莹的水珠。门口站着一位穿纱丽画乌烟线的小姑娘，模样俏丽笑得很灿烂，她和那束娇艳的鲜花一起向我展示她对生活的理解。

来印度学会一句话——因为这是在印度，所有不可理解的现象都有了合理的解释。

有朋友推荐我再看一下机场附近的贫民窟，我不想去，想来跟洗衣工给我的惊讶有过之而无不及吧？付了向导的钱，然后向车站走去。

佛国的洞穴艺术

懂得放下才会明白洒脱的意义

凌晨三点到 Auragahad 站,上车时还一直在担心自己因为睡不醒而错过站点,结果我准时被下铺的印度乘客摇醒了,他是怎么知

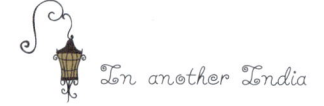

道我要在这里下车的呢？迷糊中道了谢，背起包揉着睡意惺忪的眼睛跌跌撞撞地下了车，又到女士候车室的长椅上靠着背包休息了好一会才缓过神来。旅行数月，60公斤的背包在我需要的时候总是充当肩膀的角色，不分时间不分地点没有任何怨言，它比情人还可靠还值得信赖。

　　天色渐亮，坐早间大巴直达阿旃陀。车里只有我一个坐在前面，后面一群去上学的学生们，窃窃私语，似乎是在谈论我。一会儿，一个女生跑来坐在我的邻座攀谈起来，好奇地问了许多问题，临下车时，这些学生们挥着手扬起笑脸挨个向我道别。在印度，无论何处，一张外国脸都是深受瞩目的。

　　寄存好行李，坐下来吃早餐时，遇到两位出家的泰国华人，他们用熟练的英语夹杂着几个汉词聊天，他们要在这里呆上两周，去每一个洞窟里研究佛法，再去埃洛拉石窟然后周游印度。我问他们的行李在哪里，指着背上一个简单包裹，说，有这个就已足够。

　　我想到了自己齐全的旅行装备，其实有很多东西被用到的机率很小，只是自己还不舍得放下而已，就像思想负担一样，真正懂得放下的意义，就会明白洒脱才会处变不惊。

他，是幸运的

　　时间尚早，还未上班的工作人员提着午饭带着我慢慢地向山上走去，一路上讲述阿旃陀被发现的细节，似乎知道我爱听故事似的。

　　石窟沿瓦格拉河的流向，呈圆弧形排列在长550米高76米的

◆修复壁画很辛苦,重要的是乐得其所

断崖上,如一弯新月。这些曾经的佛殿僧堂,远远望去洞口挨着洞口,向后人展示当时工程的浩大。这里共有 26 个石窟,其中有些正在关闭整修,石窟群的外壁和入口都雕刻着不同姿势栩栩如生的佛像,最为珍贵的是各个洞窟的装饰壁画。细腻精巧的壁画生动刻画着许多佛家的典故,侧耳听一位印度导游介绍一面墙解说,这是根据当时中国与佛的某些渊源创作的,画面里中国侍女的相貌清秀得很,身形婀娜,服装色彩典雅。

  对一幅信手拈花的菩萨壁画妙相庄严，头戴宝冠，是保存相对完整的壁画。在最后一窟，工作人员介绍起头顶的壁画，一个微笑天使的画像，不同的角度呈现出不同的神态，透视立体感极强，由此可以想象出当时绘画水平的高超和卓越了。

  受时日变迁和潮湿气候的影响，大部分洞窟的剥落现象十分严重，有些赤裸裸的灰墙上面还经历反复潮湿再干燥的痕迹。在15窟内有许多对比维护修复前后的照片，还有一些画笔颜料，工作人员告诉我，每隔几年会有一批文物保护工作者来此工作，大多数是美国和日本的团队，美国人来一个月，日本人再工作三个月，而后是印度人的长期坚守。难怪我刚进来时，工作人员笑呵呵地看着亚洲面孔问是不是日本人，回答不是就收起了笑容，是国际好感啊，原来如此。

  在第17号石窟参观，只见一位挑灯工作的印度画师正在用细如银针的毫笔一点一点小心翼翼地努力恢复壁画原貌。因为只有我一个游客，他便允许我跨过围栏参观他的工作。在一片黑暗里头顶一盏大功率的电灯实在是刺眼，见我眯着双眼，他说自己每天要在这里工作12—13个小时，早已习惯。他年纪大概只有三十几岁的样子，镜片厚的像玻璃瓶底，一圈又一圈，折射出好多双眼睛，我看得好晕眩。

  他说很喜爱自己的工作，虽然辛苦，但很愿意在这里坚持，能找到挚爱的工作并一直无怨地付出，是幸福的，他，比我幸运。

因为空谷传声的美好体验，所以我对佛教有所偏爱

吸血鬼般的蚊群

从阿旃陀看完壁画，几个当地人热情地轮番告诉我，去 Aurangabad 的汽车在入口处的马路对面，我可以挥手拦车。印度南部的温度比北方高好几度，火辣辣的大太阳下没有遮挡物，坐在马路边，把围巾用手撑在头顶做个临时的遮阳棚，竟然还有微风拂过的凉意。在印度旅行准备一条大围巾必不可少，冷夜里坐火车包裹着可以取暖，灰尘多的马路上可以当口罩，风起了可以挡风，进寺庙可以当包头巾，现在又多了一条遮阳的功能。

公车来晚了，几个印度人直怕我错过，上前双手挥舞着拦下车，而我才不紧不慢地起身拎包。

到达小城已是傍晚，一家高档酒店的服务员告诉我 Youth Hostel 是他所知道的最便宜的住所了，多人间价格只有 120 卢比，只有一位韩国男生和一位日本女生。密密麻麻的蚊子像是吸血鬼般整晚盘旋在蚊帐的外面，我住过有许多蚊子的住所，但这里着实是太多了，超出了我的想象。幸亏我只住一晚啊，那个韩国男生要在这里住一周的，想想都有些惊悚。

跟着感觉走

这家 Hostel 实在是不正规，退宿连行李都不能停留一下，只能背着去景区，如果运气好些，那里应该就能寄放吧。

车子在景区的门口把所有的游客扔下，我正在张望着售票口位

◆在佛陀的领地，动物也变得有灵性了

置，一位当地人走来问我是否需要帮助，知道我要寄存物品，便说起他卖克什米尔制品和宝石的店铺可以免费存放。为了让我放心，他拿出一个写满各国游客寄语的留言本，讲起了自己收集各国游客的文字的爱好。在路上旅行时已遇到很多有类似爱好的当地人，见多也便也习以为常，大不了就是让我买东西呗，动用一下厚脸皮的功夫不买就是了。还是把包扔在储藏室里，与另外几个游客的背包放在一起比较安全些。

然后店主带我进入景区，详细地介绍了一下观光路线才转身离开，回来取包时他也只字未提对店铺商品的推销，我在留言本上写下对这里的评价，希望对中国游客有用吧。

到达一个陌生的地方，一面需要时时提防，一面又是这种善意的帮助，我常常会陷入这种小人之心的自责和矛盾思维里，分辨力变得模糊了，只能跟着感觉走。

◆从这道围栏穿过后，回头叹息，女人独自出门久了，彪悍——是不得不使出的杀手锏

In another India

荒野中震撼心灵的力量

Captain Seely 说过,"宫殿易褪色,桥梁会坍塌,高贵的建筑随着时间会逝去光环,唯有不朽的埃洛拉石窟,永恒地矗立在时

间无涯的荒野中，印证着过去的光辉，也等待着未来的赞誉。"

网络技术的发达，只需要鼠标一点就可以轻易地看到各个景点的图片和信息，却无法给予你身临其境的切身感受，任何的赞扬都显得苍白无力。如果没有来过这里，是无法体会到Captain Seely描述的埃洛拉石窟带给人的震撼的。

浏览石窟以倒序的路线更为合理，因为景区范围较大，大多数游客都是乘突突车或是私家车参观。我是暴走族，按着那位店主的指示从林间的柏油路穿过去就是最后一窟。

埃洛拉石窟共有34窟，它由十四个部分组成，坐东面西，由南至北长约1500米，散落在萨雅迪利山的斜坡之上。南部的十二个石窟表现出的是佛教文化，中间的十七个石窟反映出的是印度教文化，剩余的北部五个石窟反映的则是伊斯兰教文化。大部分佛堂经舍和庙宇都保存有完整的雕刻，佛陀或坐或站面相庄重，湿婆浮雕翩翩起舞，耆那尊者赤身裸体，同阿旃陀的壁画一样描绘着诸多佛教故事，不同时期、风格迥异的洞窟和巨大雕塑由东往西错落有致，把1000多年前最为鼎盛繁荣时的印度各宗教的神圣刻在玄武岩上，随着时间的流逝向世人展示证明它的永恒和辉煌。

沿着石窟的安排轨迹，一条小道是可以贯穿始终的，但是从28号通往27号山壁上的小道，因为前段时间山石滑坡至今还未清理。印度人的办事效率实在是低，十几天以前的事情到现在还未处理，只是临时用铁丝网和木板分别堵在了两个石窟的出口和入口。游客要从大道绕行，对于暴走的我来说百米之遥近在眼前的石窟，实在不想绕一大圈浪费时间。

工作人员确信地告诉我此处危险后，转身离开了。我站在出口

◆ 心里轰轰隆隆奔涌的震慑声

那里巡视一圈，28号的出口一侧有一条陡峭的小道，跨过栏杆就能轻易地到达通道，跨过去才发现27号的入口被拦住了，带刺的铁丝网塞满了临时放置的四方铁角架的空隙，还有一些木板。所幸铁架与石壁有个宽缝没有被围满，所幸不肯回头的我身材匀称，我把相机和包先扔过去，自己又使出蛇骨软功慢慢挪了过去。背上包才发现对面28号出口处的一家人目瞪口呆地望着我，工作人员则摆出一副无奈又不可理解的表情，因为在印度，女人穿着纱丽是绝对不会完成这个过程的。女人独自出门久了，彪悍，有时是不得不使出的杀手锏啊。

16号的克拉斯石窟，整个结构奇特得

◆最高的佛家礼节

让人难以置信,它的整体是雕刻在一个巨型独石上,还有一个令人惊诧的事实,即,它的结构与其他寺庙截然不同:雕刻师和建筑师们均以屋顶为基准,从上往下开始雕刻和建造的。土塔四周的柱廊还有通向二层三层的石梯,穿过石梯通道后有巨大的平台,坐在上面休息向下望去,感叹眼前这些雕刻的细致精美,一队白衣白巾围得严实的穆斯林学生经过,抬头望向平台冲着我挥手微笑,包裹不住的热情洋溢在脸上。

从16号入口的侧边有一条小道可以爬到山顶,俯瞰16号的全景,我觉得那个方位是整个景点的最佳位置,游客稀少,空寂的山顶只有我一个人。

在10号大乘佛教石窟高高的圆筒形顶部雕刻着拱形椽子,据说这是根据人体胸腔构建而成,在佛法里对窣堵波的建造寓意也有描写。在这里又遇到了在29窟时的见到的两位泰国僧人,他们在高达8米舍利塔前诵唱佛经,在长排列柱的巨大半圆形殿堂里,我和后面几位俄罗斯游客微闭上眼睛,沉默无声,空谷传声的力量把浑厚温润的声音荡到心里去,像一滴清水轻轻激起涟漪然后平缓地消失融汇,心情随之也变得平静安宁。同在一室的两位俄罗斯情侣是佛教的追随者,还有一位印度佛教徒,相信他们的感觉比我更深切吧,这位印度的佛教徒对两位僧人行了佛家的最高礼节。

如果有一天要我选择宗教信仰,因为这种美好的体验会对佛教多一些偏爱的。

In another India

那一场葡萄牙式嘉年华盛宴

果阿特别有国际范

汽车颠簸再加上整晚震天响的印度音乐,清晨到达果阿的时候感觉自己的脑子里还回旋着"嗡嗡"作响的喧闹声。几个欧洲游客坐车直奔海边了,此时的我对海没有兴趣,一是因为这几个月来看得太多有点审美疲劳,二是因为海边的惬意总是会让我脑海里忆起从前,平添了寂寥。真如师傅比我先到果阿,于是照着他给的路线和住宿位置,坐车先到帕纳吉。

果阿邦好小啊,它是最精致富裕的城邦,像一粒迷你纽扣钉在印度地图上。到达帕纳吉在寻找住所的时候大概浏览了一下街道上的风景,它和澳门很像,有着同样成为葡萄牙殖民地的历史,在建筑风格和城市氛围上也有点相似。果阿的背包客集中区在31 Street,可是小巷里遍寻不着真如师傅说的 Vaz Residencee,一位印度青年好意帮忙骑着摩托带我绕了好大一圈,才发现它藏在一个角落里,因为正好赶上了果阿的狂欢节,住宿非常紧张,再晚来一步,我的房间就会被两位法国人抢去了。

◆入乡随俗，一起娱乐

  在狂欢节 Goa Carnival 到来前，人们早早地就把城市装点好了。在来帕纳吉的路上，路两边的树上已挂好了各种色彩的面具，花池里有戴着面具的美人鱼，俏皮又神秘，街边的餐馆小店也装饰着面具，几个吃饭的印度大叔拿着自己买的面具和头饰扮出各种搞笑怪异的动作，全民参与，迎接即将到来的嘉年华盛宴。

  下午三点多，各种主题的花车在乐队的欢快曲调里从 Pato Bridge 开始游行，有表现印度本土生活的情景再现，有保护动物保护妇女儿童的公益倡导，有保护生态环境的宣扬，有对艾滋、吸烟等健康话题的关注，有世界知名的卡通动画形象米奇、哆啦 A 梦……花车间是载歌载舞的印度本土舞蹈方队，他们扮成老者、小丑、印度神像和穿各种奇装异服的年轻人。许多自创改版的自行车、迷你

In another India

  小汽车都涂成彩色，戴着面具的年轻小伙们经过人群时高歌欢呼，还有的打扮成拉登和萨达姆。

  马路两侧也挤满了人，头上戴着彩色鸡冠帽的人们除了呐喊高呼外，还时不时地参与到长长的游行队伍中来。一些外国游客也跟在花车后面手舞足蹈，他们挤在人堆里不时瞅着拍照的我。受到气氛的熏陶，我的脚也跟着音乐节拍不由自主地摆动起来。

  节日长达四天，队伍分别在果阿不同的地区游行，最后在Avenida Don Joao de Castro 大街结束。在印度每度过一个节日，就会发现它们各自都有强烈的独特性，从这些节日里能感受到印度文化的多样性，菩提迦耶有庄重的佛教仪式，瓦拉纳西是印度

◆印度节日很多样，果阿有国际范

教的喧闹，法塔赫布西格里有穆斯林的圣洁。后来在迈索尔、斋普尔、吉森梅尔也见识到当地的风情文化，果阿则显得特别有国际范，这里不仅是欧洲度假游客的聚集地，也是基督教的集中地，节日也因此变得西式化，欢歌热舞的奔放仿佛是在异外，与北印度明显不同。

队伍游行持续了四个多小时，夜幕升起，队伍渐远，人群纷纷散夫，大街有些狂欢后的寂静。我散步回到住所，此时公园里的演奏会正在上演，几个歌手时而激情时而抒情，引来座位上听众的阵阵掌声。相比白天狂欢后的寂寥，这里则有让人意犹未尽的不舍，仿佛白天里残留的最后一点余热。

花园树木下的草坪上，几位年轻小伙和姑娘开始悠闲地享用晚

餐。看着他们，我不由得咽下口水，好饿啊，才想起自己还没有吃晚饭。

在异国过的第一个春节

在果阿的这几天正好是国内的春节，除夕那晚，与真如师傅到住所附近的一家高级餐厅吃晚餐，不能在家陪父母，就想借这个理由就想犒劳下自己的胃。

装修雅致的餐厅音乐轻柔，四个菜一汤，在国内同档次的餐厅吃一次最少要三四百块，而这里只有450卢比，折合人民币50块而已，这是在印度吃得最贵的一餐。等到午夜，家乡正在迎门神放鞭炮时，打个电话，道声"过年好"。

白天的时候，和真如师傅在帕纳吉的街道上随意走走，行人步调匀缓，交错的窄巷充满了情调，像澳门一样透着一种骨子里的清闲。果阿邦是印度唯一一个允许销售酒水的城邦，Kingfisher是著名的啤酒品牌，走在街上到处可以看到飞鸟的logo和大片醒目的红底，独立酒铺里的玻璃柜上摆满了琳琅满目的洋酒；干果店里大包的腰果和杏仁便宜得让人心醉，果断买了两包；果阿是印度的异类，这里有很多饭店卖鱼肉、猪肉和羊肉，许久未尝肉味了，在这里破戒尝了个遍；菜市场也比其他城市正规干净许多，各色的蔬菜水果摆放整齐，卖东西的大妈还悠闲地躺在摊上睡午觉。

周日的果阿静得出奇，几乎所有的店铺都在歇业。与昨天节日的喧嚣相比，此刻显得更加静寂，街上零星的行人或在椅子上静坐或是慵懒地散步。每逢周日找家饭店解决温饱都成问题，师傅南下准备去斯里兰卡，我自己只能用街边的小吃果腹了。拿着昨天大叔留下的啤酒和盐酥腰果，坐在教堂前的台阶上听着音乐，望着空空的街道，周围万籁俱寂。

整个春节的节奏比以往任何时候都慢，没有拜访亲戚和各种应酬，在这里虽然只是一个人，心里却很满足。

◆唯一公开允许售卖酒水的城邦，红色的背景映遍了整个果阿

造化弄人

第二天，去参加旧果阿的著名教堂的一场大弥撒，悄悄找个空位坐下来，听几曲圣歌，温馨祥和。

而后准备启程离开这里了。

到火车站买票时遇到一位欧洲妹子，得知我要去买到亨比的火车票，她因为改了行程要提前一天出发，便把先前买的火车票送给了我。谢过之后，第二天去 Margon 火车站准备离开时，工作人员告诉我列车明天才有，可为什么票上写着是今天的日子呢，无奈之下，只能多住一天。他们还极力推荐我一定要去海边看看，因为这个火车站离海好近。无心看海，可造化偏偏弄人，我也就随遇而安了。

海边的住宿比帕纳吉便宜多了，200 块的双人间干净又舒服，偌大的院子里树影婆娑，欧洲的老爷爷老奶奶们坐在棕榈树叶顶的凉棚里喝茶聊天，有些刚从海边回来，全身晒得通红，他们怎么那么爱晒呢，像这样的暴晒我早就脱水昏厥了。

上午的太阳好毒，我一直拖到下午四点多有些凉意才起身走向海边。这里不同于泰国、马来西亚、越南等地的海。细软的沙子在海水退后形成硬硬的沙滩路，可以沿着长长的海岸线骑自行车。旁边紧挨着一望无际湛蓝的海水和几个冲浪的游客，安静得能听到海的声音，在这里这是最美好的记忆之一。沙滩上有很多寄居在螺旋贝里的螃蟹，我陪两个小女孩从海里捡回来摆成长线和不同的图案，

然后再挨个把它们送回大海，看似无聊我们居然玩得兴起，不断地重复起这个游戏。与童真为伴，不觉间，你会发现简单的重复其实是一种最单纯的快乐。

在海边的木屋里喝杯 Lassi 看完日落，天色已经暗下来，幽幽的黑暗里，我却迷了回家的路，怎么也找不到回家的那个巷口，兜兜转转，在散步大叔的指导下才摸清思路。在路上的很多时候，我不得不深深地被自己这种认路的本领所折服，这样的记性能把印度全境走完，不得不感谢"运气"二字了。

貌合神离的印度婚礼

爱情没有国界

本是卧铺的车厢，白天就变成了硬座，下铺坐满了乘客，这也是我在印度喜欢买中铺或上铺的原因，没人会爬到上铺去坐吧？Shir Khanow 给的票，不巧是下铺，一位穿着邋遢带着孩子的中年阿姨，一位看似家庭比较富裕的中年妇女，还有两位印度中年男人，我的屁股被挤得几乎只能挨着床边了。仅仅是因为穿着上的贫富差距就让人自持一种优越感，这种看人说话的本领没有国界没有地域之分，较富裕的中年妇女不住地唆使我赶走带小孩的阿姨，我做不到，索性自己站了起来，让他们继续去挤吧。

想起一位旅友跟我讲过，她自己在火车上因为没有来得及补票时被列车员怒吼，而身边的印度人则不吭声，看上去胆怯懦弱；我在车站看到，候车室看管员对一个穿戴较差的印度人凶为没有关上门而大声吼叫，却对另一位比他工作稍高级些的制服派说话时小心翼翼低声下气。在印度，贫富分化很严重，哪怕富人们偶尔会乐善好施，仍然处处可以看到恃强凌弱的人。这是人本身的劣根性，没

有地域国度之分，只是各个地方程度不同而已。

穷游时我对住宿的要求尽量便宜条件将就就可以，有新奇的点子也很愿意尝试。一位韩国男生说亨比好多家旅舍楼顶都有蚊帐，晚上可以看着星星入睡，价格也只有100卢比……这真是个很不错的主意，随他去 KAL YAN Guest House 看看。韩国男生有上尉军衔，服完军役后在中国旅行一年刻苦学习中文，不仅讲得流利，中文字写得也很漂亮，有毅力坚持不懈实现自己目标的人，最值得敬佩了。他说自己要出一本中文书，我相信他能完成。

旅舍 KAL YAN Guest House 有个美丽的异国爱情故事，一个日本女孩在亨比旅行时遇到当地的印度男生，异地相恋两年后女孩嫁到了印度，并经营起了这家旅舍。爱情本是不分国界，没有地

域的，有很多日本姑娘成了印度新娘，瓦拉纳西的久美子旅舍就是其中的典型。但我至今只听说过一个嫁到印度的中国女孩，中印在审美、传统习俗和观念上还存在巨大差异。

缘份是浅浅的线

人与人之间的缘份是浅浅的线，看不清却真实存在着，未曾相约不期而遇，更是妙不可言。

我与韩国男生坐在院里聊天，小安找住宿时从院门外路过，本无意回头向前继续寻找，但冥冥之中似乎有人召唤。她折回来时看到了院里的我，两人顿时惊叫，离开德里两月后又在这里重逢了，一起感叹起际遇的玄妙。

因为住所客满，我们三人只能挤在一个蚊帐里数星星。天空很美，微风清凉，近处是蝉叫声，远处是静夜里的狗吠声，似与自然共生融为一体。

遇见她，我又想起之前在缅甸大街上遇见的华人大叔，在茵莱湖同游的日本情侣又在新德里相遇，在老挝一起吃过饭的真如帅傅又和我在印度一起过春节，在柬埔寨一起游览的印尼人在越南又重逢……

旅行，它是短暂离别后转角的重逢。

亨比是个巨石林立的小城，各种像是被精心打磨过的圆角巨石矗立在城里，房子依石而建，你中有我，我中有你，形成一道奇特的景观。KAL YAN Guest House 的屋后就是巨石，比屋顶高出许多，

◆伸手可触天

就像一只外形似狼的大狗做着嗥叫的姿势,在渐渐变暗的天色里,狗的身上披着一层霞光。我仰望着它,自然的造化之美,总是这么让人惊愕赞叹。

我们需要处变不惊的心态

体验了昨晚与大自然亲密接触的屋顶后,因为洗澡不方便,两人换到了河对岸去住,条件稍好些价格还比这边便宜一半。找到朋友推荐的Shantl Silence Hostel,彩色的帷幕装饰在屋檐下,旁边用彩布围起的一片院落是低价供游客打地铺的,树间拉着红

In another India

绿相间的彩布作吊床，旅人说印度是彩色的，这个小小院落像是一种缩影。

比我们先到旅馆 小会儿的法国小伙大概二十出头，在火车上行李全部被偷，只剩随身包里少得可怜的硬币，到达亨比后一位当地人深表同情，送给他一套不锈钢的炊具，自己买了些简单的蔬菜生火做起了饭。我们问起没有钱和行李怎么办，他耸耸肩，无所谓地说，在绝境里总会有办法的。看着他不慌不忙生火的背影，从容淡定，我不禁试想，如果事情发生在我们身上应该怎么处理呢？

旅行，许多不可预想的突发事件是最磨炼心性的，处变不惊的淡定是我们多么需要的心态啊。

◆ 处变不惊，应对无常

亨比的饮水资源紧缺，旅舍的水都是在门口的一眼公用井里打回来的。每到打水的时候，井边聚满了各种颜色的圆肚细颈壶，等着水龙头里流出的细如木筷的水流，这种景象让人想起印象里干旱的非洲。用电也会限制，晚上常常需要秉烛夜游，小餐馆用的是蜡烛灯笼，有些灯笼上用中国书法整齐地写着李白的诗，资源缺失的环境因为灯笼倒变得有些格调了。

从住所后面的山往高处爬，那里可以看到整个亨比和唯美的日落。在许多地方都曾亲历过日落，唯有这里让人感觉与天空那么近，触手可摸到云，坐在错落的巨石上，看着天空被落日染红后渐渐没入黑暗，旁边有一个嬉皮士手舞足蹈，再来一段悠扬的萨罗德琴奏乐，就更完美了！

貌合神离的印度婚礼

亨比是印度维查耶那加尔帝国最后的首都，遍布胜利城许多巨型庙宇和宫殿的遗迹，我和小安觉得看过石头矩阵和日落的美丽后，遗迹的吸引力已经被冲淡了，于是决定骑自行车去 Huspat 买火车票顺便看沿路的风景。炙热的天气，我们兴奋得边骑边拍，最振奋的是偶遇并参加了一场来印度后的第一场传统婚礼。

印度种姓里的婚嫁对女方是极其不公的，遭受经济负担重压的是女方而非男方，大多数地区都时兴女方给男方一大笔钱物作嫁妆，杯水车薪的家庭只能四处借钱，哪怕倾家荡产。许多地方也因此出现了多桩不相配的婚姻，女孩委屈嫁给了比自家更为穷困的男孩，

◆ 偶遇的传统婚礼，对貌合神离做了充分的解释

印度重男轻女的现象因此也变得更加严重了。

在印度寺庙前被新人的亲戚热情地邀请到寺里共同为他们祝福。新娘的长辫子和发间插满了闪亮的头饰，手腕戴着印度女人特有的叮铃当啷的长串手镯，祭司在额头上

In another India

点了红色吉祥痣，手心涂上红色花纹；新郎一袭白衣，肩头不知为何搭块毛巾。脖了上的茉莉花环在这种气氛里欲加娇艳喜庆了，新人在寺庙门口祭司指导下完成了一系列的印度教仪式，在亲戚的哄闹下进入庙里拜过神像后，参加婚礼的人们又开始轮番与新人合影。简单的乐队吹吹打打制造热闹活跃的气氛，新娘的脸却一脸苦情，由始至终不肯露出笑脸，与新郎的一脸喜悦显得极不协调，貌合神离是对此景最恰当的形容。

我俩在婚礼现场比新人都忙，酷爱拍照摆 pose 的印度人，不止拉着我们为参加婚礼的人挨个拍照还要一起合拍，想要抽身离开时又被热情地邀去吃婚饭。在室无一物的水泥房里席地而坐，一片蕉叶一杯清水一根香蕉，可以无限量地加米饭和咖喱菜，对于婚礼而言是简陋至极了。

毕竟没有哪个女孩子愿意在出嫁时摆出一副臭脸的，没有哪个女孩子不想喜结良缘的，我和小安骑车离开后猜想新娘如此不爽的各种原因，想到那餐婚饭，也许最大的原因就是男方的贫穷吧！

◆我见过的最简陋的婚饭

不仅有少年派，
还有乌托邦理想国

知苦方懂乐

从亨比坐40分钟到Husput火车站，坐夜班火车第二天凌晨到达班加罗尔，等2小时，在到清奈的火车上半蹲半坐了6小时，再乘15B公交车绕了大半个清奈城到长途巴士站，再坐4小时汽车才到达本地治理市区，背着重包上上下下了数次，晚上到达时整个人几乎虚脱了。从亨比到本地治理只有直达的汽车，穷游的人都是用尽各种方法省钱的主，我和小安也不例外，想到如此奔波可以省钱换来更持久的旅行，心里就稍安慰些了。

车站附近很多旅舍最近拒绝接收外国人，我们也不明原因，打听了数次才有一家肯收留，洗完澡，躺在床上，想起家里那张铺着干净床单的软床，房间不大却那么温馨，心里一时有些酸楚。旅行时种种困难和辛苦，会让人倍加珍惜已经拥有的一切，是真真正正认识过后的切实感悟，不再是书面上对"珍惜"二字简单浅显的理解，生活里的智慧，往往都是要在经历过苦以后，才会懂得乐的价值和意义。

第二天小安的朋友来接我们，一起去 Sri Aurobindo Ashram 下设的众多住所之一——Sri Krishna Guest House。登记住宿后开门进入房间，空间很宽敞，窗外的阳光柔和地照在，铺着淡蓝色小碎花床单的两张单人床上，光洁的地板，靠墙的柜子里放着不锈钢餐具，干净清亮的厕所，开门还有阳台……看着淡雅温暖的整个房间，都想要哭了。它的布置不像旅舍，但真的有家的味道。价格也只有150卢比，我和小安分摊，每人才只花75卢比。

个个都是天才绘画家

还记得李安的电影《少年派的奇幻漂流》里，宛若南法小镇的本地治理吗？它的旧城区的规划整齐有序，青石板铺设的宽阔的马路两边，高大的梧桐树郁郁葱葱，有的树上挂着风铃，随着凉爽的海风轻摆摇曳，"叮——铃—铃"，清脆悦耳！亭舍清一色的法式建筑，雅致幽静，南印的女人们喜爱在麻花辫上别两个鲜花串，随着脚步散发出清甜的香气，穿梭在街道上还能嗅到微风里飘着的烘焙面包的浓郁香味。

傍晚时沿着孟加拉湾的海滨大道行走，当地人闲情逸致，情侣们坐在海边的礁石上深情对望，孩子们捧着棉花糖或是冰棒在父母的微笑里嬉戏。

《少年派》的作者扬·马特尔，就是在这么美的环境里完成这部作品的。

In another India

  每天清晨，在家家户户的门前都会看到彩沙绘制的各种美丽图案——卡拉姆，在太阳未升起时，男人洗漱后念诵经文，妇女则在门前绘制地面画。印度教徒认为，人们从图案中可体会神灵的存在。太阳慢慢升起，阳光照射到绘制的图案上，仿佛给图案注入了生命，图案流畅的线条在明媚的阳光下仿佛向人们讲述生命轮回的含义，他们还认为只有按规定画卡拉姆，才能祛污。在进门前低头参拜，才能起到净身洁心的精神作用。在不同的场合和日子用不同色彩，一个星期内每天的规定也不同，家庭成员也依据这些习俗穿不同颜色的衣服，天啊，单是卡拉姆的讲究就如此繁复，印度教的复杂程度也就可想而知了。

  各色房屋旁大丛的三角梅溢墙而悬，门前的女主人们对图案真

◆个个都是绘画天才

是信手拈来，左手托着面粉碗，右手握一把白粉轻松流畅地画出几何图案、旋涡花形或是带来幸运的神灵。站在她们身边，不禁由衷地赞叹她们个个都是绘画的天才。

◆幽静的南法小镇,海风凉爽

In another India

有包容就有
实现的可能

本地治理最让我着迷留恋的不是法式浪漫的小调,而是印度三圣之一 Sri Aurobindo 创建的以修道院为名的理想国社区,以及把整体瑜伽和阿罗频多思想宣扬于世的院母——密那氏(Mira),还有他的弟子和追随者们建立的不分国际不分民族,追求全人类团结一致的阿罗新城。

◆阿凡达般的梦幻场景

　　阿罗频多修道院是哲学大师阿罗频多为传授自己思想并实现社会政治理想的实验基地，在这里不管贫富贵贱、种姓民族和宗教信仰，一律平等。人们自发捐建的公共设施、农场、工厂为每一个人提供自给自足的条件，不计报酬以消除个人私念，并学习阿罗频多和整体瑜珈，以求得精神进化和顿悟，达到理想平衡状态。

　　圣母Mira倾心精神哲学，知遇阿罗频多后，潜心论学。在阿罗频多隐退后潜心于修道院事务长达60多年，弘扬他的思想并筹建阿罗新城，我国印度学家徐梵澄老先生，蛰居印度33年，与季羡林先先一样，一生驰骋出入于中、印、西三大文化体系之间，曾翻译了多部阿罗频多和圣母Mira的著作，字字如金，连圣雄甘地都称赞过。

　　在阿罗频多修道院里，社区内人们生活安逸祥和，步调悠缓，看到着装整洁的妇女们或坐在门前的台阶上纳凉吹风，或聚在门口一起下棋打趣，这是在别的地方从未见过的景象。每天在规定时间内到修道院下设的食堂仅要20卢比就能解决三餐，浓稠的酸奶加点糖的口感至今惦念；凭借一张通行证可以任意出入修道院的所有地方，早晨和傍晚可以去瑜伽中心冥想；图书馆的藏书非常丰富，还有各国赠送予阿罗频多的精致礼物在二层展览。坐在图书馆的巨大阳台上看书写日记，眼前是掩在绿意丛里的法式建筑群，我陶醉在阵阵微风的凉意里，几乎每天都被快下班的工作人员提醒，轻声催促找岗开。

从1926年创立至今的修道院，即使是在圣人和圣母过世若干年后，追随者们依然无私地慷慨捐赠，造福于后人，用圣人的教导维系着整个社区的平和安定。

在马特里曼蒂尔园区有一颗长得像榕树的树种，树枝上生出的树枝扎入泥土生根，然后再长出树枝生成新的树根，一棵大树枝枝蔓蔓地长成一大片树荫，枝生根，根成树。坐在树下纳凉，忽然想起，这不是《阿凡达》里的一幕场景吗？

奥罗维尔的标志性建筑是叫作"母亲庙"的巨型金色球体，矗立在园区中心，四周有12个以不同花朵为基础造型、具有不同名字和象征意义的冥想大厅，它结构像是一个孕育生命的子宫，与它的名字不谋而合了。因为开放时间限制没能入内参观，便在游客展览中心关于这部分的介绍里看到了球体内部的构造，从1963年动工修建直至2008年才完工，历时

45年运用了先进的高科技和大量的建筑原理，利用太阳光的照射和金色球体内部中央的大型水晶球体反光，使圣母立体成像并能说话。看着图片和文字，我想象到阳光从天顶照入球体时的画面，像极了金庸武侠小说里某个教派的座台，难道金庸来这里获取过灵感吗？

球体背后向外延伸是12个方形的大花园。整个城市分为四个区：国际区、工业区、文化区和居住区。展览中心有很多展牌介绍来自各个国家的人在这里的生活状况，每个国家的民族文化在这里相互交融学习的和谐景象，已有法、德、美、英等22个国家的居民来此定居，在新型的社会里过着自给自足净化灵魂的灵性生活。

站在展板前，瞻仰过"母亲庙"，再想到阿罗频多的社区，我和小安不由得发出"天啊，天啊"的连连惊叹声。印度宽厚的包容性，让一切不可能都有了实现的可能性。没来过这里之前，理想国，乌托邦只是一种幻想，从来没有想到过它会真实地存在着，它把我的思想彻底颠覆。

太喜欢本地治理了，它是印度继瓦拉纳西后，我另一个最喜欢的城市。法国情调和这种灵性生活的吸引，使我离开前还暗自许诺，还会再来的，一定会的。

搂着神牛说悄悄话

欢乐多寺庙

  出来旅行没有带电脑，在 iPad 里也只下载了阿黛尔的演唱会，这成了印度整个旅程里，除看书写日记之外唯一的消遣。嗓音浑厚磁性的她，着装简约地坐在舞台上，一杯蜜水，一个话筒，像一个亲密的朋友把最心底事向你娓娓道来，我听得入迷，一遍又一遍。去往马杜赖的汽车颠簸得厉害，让我无法入睡，阿黛尔的声音陪着我度过了整晚，凌晨到站后躺在 Vasanth Lodge 的硬板床上，全身生疼，都快散架了。

  南印的天气在冬天渐远的日子里开始变的燥热，每到中午，太阳的炙烤令人心生畏惧，躲在阴凉里不敢动身。到马杜赖通常是为了一睹米纳克希神庙的神采，我略作休息后鼓起勇气，趁着太阳刚出来光线柔和，赶快去拍它的外景。入庙不许穿鞋并且随身包都要安检，无所谓，在印度待久了，光脚丫走路也变得习惯，感觉不到硌脚了。

  以神庙为中心的马杜赖城，是印度教圣城之一。

◆以神庙为中心的马杜赖城，是印度教圣城之一

米纳克希神庙是南印度最负盛名的庙宇,是印度教的圣地之一。我从南门进入,梯形塔门高耸入云,脖子向后仰90度才有到塔顶,大约二米高的灰色底座以上全部雕刻着色彩绚丽的神像,讲述的是印度教神话里故事,其他三个方向也各有一座同样的塔门,镇守四方门户。寺院正中央是巨型的金莲花池,四周高大的柱廊顶部画满了各色圆盘似的莲花图案,庙内供奉印度教的米纳克希神和湿婆神,还另设有博物馆,展示印度教的神像、雕刻和图片等,其中有一座寺庙的立体模型。如果你再亲自到寺庙内浏览一圈,便可知它的气势恢宏了,寺庙一整天都播放印度宗教音乐,曲调欢快,置身其中,心情也跟着欢畅起来。

◆对神牛说出自己最深底的愿望

◆ 沟通，从聆听开始

　　在通往寺内的一条高顶走廊里，有座水泥墙围起的黑金刚石雕刻的湿婆神坐骑——神牛，印度庙里祭拜湿婆的地方必有它的身影，这种动物几乎成了印度人的精神图腾。敬牛如敬神，来寺庙的印度人每每经过它时都会拜它，在它的头顶放束鲜花，或脖子上套串花环。更可爱的是，印度人俯伏膜拜后喜欢搂着它的脖子贴着它的耳朵说悄悄话，把自己的心愿秘密地传达给它，以求得庇护，似乎在说"我与你这么亲近，记得罩着兄弟点"，然后摸一下它的身体再给自己的额头点个吉祥印。

　　我站在神牛的侧面的商店门口，看人们的各种动作，想象着他们在对动物的虔诚拜祭里承载着的美好祝愿。旅行时，倘徉在这些不同国家的文化和居民们的日常生活里，我发现亲眼所见和切身感受使自己也变得更加包容了，明白所有的存在都有它自身的合理性，不需要追问为什么，它的答案早就已经出现在我的脑里。

信任是缩短心理距离的最好媒介

绕寺庙转一圈后，我坐在寺院墙角下纳凉，祭司抬着神龛每天定时绕寺庙一圈，伴着其他几位祭司的法器舞动，兴高采烈地从我身边经过，抬着神像都不这么严肃，这就是印度。这时一群穿着各色纱丽的印度妇人陆续进入了寺庙，像是集体出游一般。进入寺庙

◆印度色彩

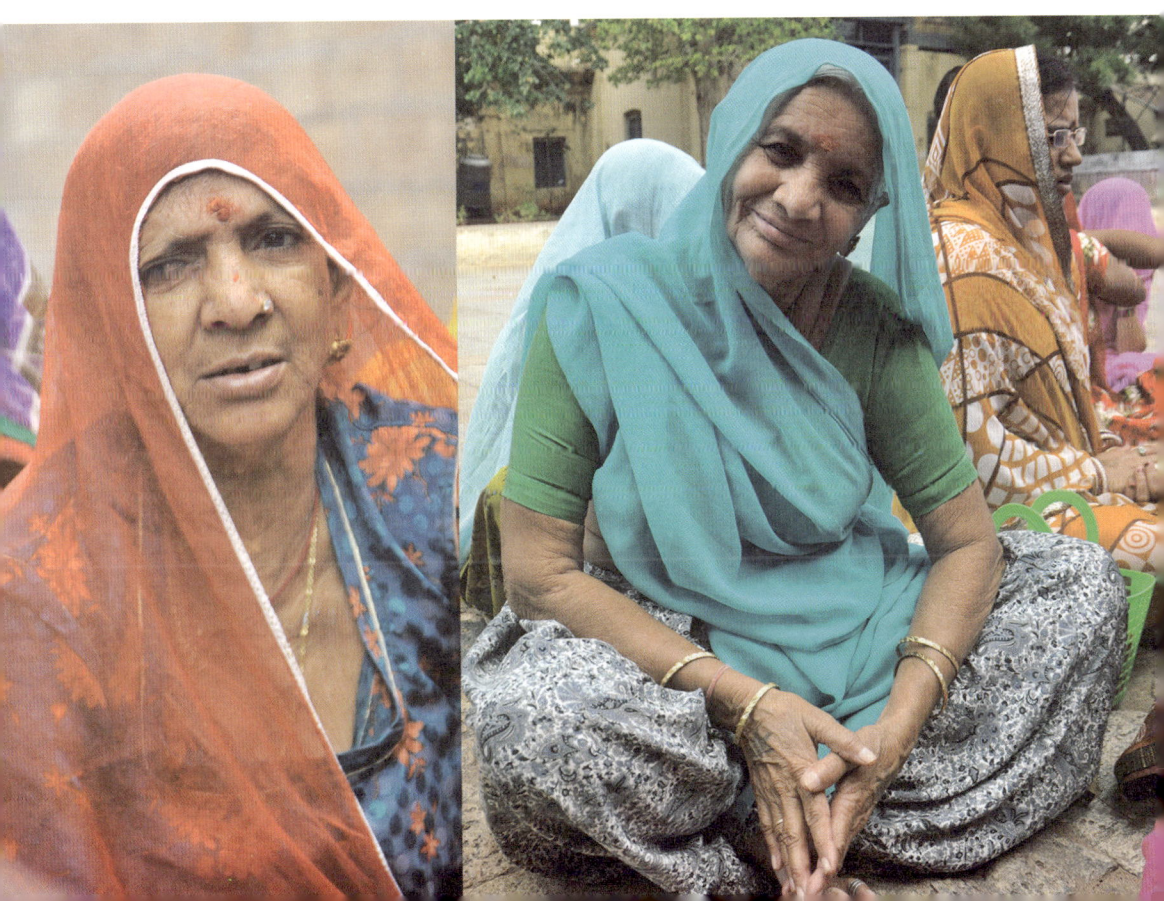

后,抬头看一下眼前雄浑的塔门,然后跟同伴们窃窃私语地说笑起来。色彩总是让人心情愉悦,五彩缤纷的纱丽头披折射出绚丽的阳光,这些飘逸的身影使寺庙更具有活力。

大概一小时后,穿纱丽的女人们逛完了寺庙后,又陆续到墙角下坐在我的旁边,围成一圈唱起了印度教歌曲,圈中间的报纸上面放着白色的小糖粒、花生米,以及她们每人捐献的印度纸币。其中有一位是她们的组织者,先拿出一张面值20卢比的纸币,其他加入的人也跟着捐出,边唱边进行,而后把糖粒和花生分散给每位成员,最后把钱捐给寺庙,整个过程持续了两个多小时。我坐在她们很近的位置,一位印度阿姨给了我些糖豆并乐呵呵地要我加入她们,不会唱诵只是坐在旁边聆听。我把10卢比放在中间的报纸上,阿姨们笑着劝让,为了礼貌我还是坚持,这也为取得她们的信任打下了很好的基础。

人与人之间的信任,是缩短心与心距离的最好媒介。

从她们的穿着来看属于印度较为富裕的一群人,纱丽的质地都很考究。第二天我照例逛完寺庙坐在墙下看来往的印度人,她们又来了,衣服换了花色,坐在同样的位置重复昨天的过程,其中一位年轻的大姐问我,你没有换衣服么?真是惭愧,旅行只带了两件T恤,昨晚洗了还没干,她们更不知道两件T恤轮流穿已陪我过了大半年。

在印度最后的十几天,几乎每晚都在火车上睡觉赶路,洗衣服也改到火车站了,在路上愈久,形象的问题就变得愈发不重要了。

In another India

为神起舞

没落贵族般的博物馆

迈索尔的背包客集中区在 Maharaja's Place 附近的 Sri Harsha Road，从车站出来站在路口要了盘水果消渴，石榴血红，木瓜清甜……印度的水果真是便宜。吃够了然后才慢慢地找个突突车去找住所。

先去 Jaganmohan 宫参观，每到一个地方博物馆的门票钱是省不得的，属于必花的项目。印度政府对本国国民很贴心，通常外国人的门票费是 250 卢比，本国人只要 15 卢比就可以参观，台湾的景点门票也相当便宜。

Jaganmohan 宫的艺术博物馆，从外表看大简陋朴素，墙面年久失修，有的地方已露出青灰色，高穹顶内部的白墙也像蒙了层灰似的。共有三层，每一层都藏品丰富，这座博物馆就像是一位没落的历尽沧桑才华横溢的贵族老人，在岁月侵蚀的外表下，却有着珍贵的记忆沉淀，用朴素无华的语言向你述说曾经的生命痕迹和历史变迁里的悲欢离合。

一层展出的是各国使臣馈赠的礼品，法式立体雕刻钟、中国瓷器、象牙雕刻、拉贾斯坦宫廷细密画等，印象最深的是一幅铁皮制的立体画。画框由铁皮组成，从左侧和右侧分别在铁皮上画上不同的图案，左侧看是大象，右侧看是奔马，站在画中间看就一幅雄狮，相比起现代的平面立体画，它显得有点落后，但在几百年前这算是新潮的画法。我站在画前左右摆着身体研究了很久，样子很滑稽，站在后面的工作人员忍不住笑出了声。一楼其他展厅里是王公的座椅用具及其珍爱的器物。

二楼是水彩画和欧洲官员的画像及用具，这些水彩画相比起之前在拉贾斯坦看过的细密画，更加现代飘逸，有的画作还大胆地出现了当地女子裸露的胴体，可以看出当地文化受欧洲文化的影响之重。

三层是印度本土乐器展览，与在瓜寥尔参观过的音乐博物馆的器物收藏一样丰富，其展出的音乐家也更多了些。

因为不想花门票钱，站在Maharaja's Place的大门外眺望了一眼，只看到装饰华美的天顶甚是壮丽，站在门口买了份炸土豆和辣椒，老板买三条送一条，我闲来无事帮她炸着卖。等到晚上七点后的灯光秀，工作人员告知不需要门票时，我喜不自禁又到里面看了一遍。总共由7000多盏灯泡装点的王宫和四周的神庙、塔门，在夜色里闪耀璀璨，在灯光变幻下，它显得更加宏伟气势。当所有灯泡点亮的时候，站在它面前的游客们都不由地发出"bravo"的赞叹声。

旅行是在别处生活

出了博物馆误打误撞走入了Maharaja's Place附近的蔬菜花果市场,这类市场通常是当地文化的缩影。印度教并未在印度独占鳌头,因此在市场里可以看到卖各种颜料的小摊贩大声地吆喝,吸引外国人驻足,这些颜料都是印度的矿产资源加工磨成的,所以在博物馆看到的印度细密画作,历经岁月洗礼依然鲜艳如初。在花朵市场里穿梭,许多朋友说南印度人比北印度人干净,从这里看,它明显比北部的市场整洁多了,地面清扫也很及时。

◆一抹暖阳,几朵鲜花,生活就这么简单

◆最真实的市井

　　一位印度大叔看到我在拍他，配合地抓起两大捧花慢慢让我拍花下落的过程；在一面淡蓝色墙边，夕阳桔色的暖光照射在鲜花的摊位上，摊主熟练地侍弄着花串，一位阿姨停下来挑花买花，光线很美，我站在这个场景里凝视。卖椰壳的大叔用耳朵分辨分拣优劣椰子的动作，甚是有趣，卖洋葱的大爷坐在摆放整齐的葱头里，画面很有装饰性。

　　我的旅行是一种在别处的生活，从自己角度去看他们的生存常态，再回来反观审视自己时，认识的宽度和厚度会使心境更加开阔。

In another India

◆舞者神韵

与神共赏一场舞

拿着市场小贩亲手做的各种香味的供香,又绕到了Jaganmohan宫,许多盛装打扮的小朋友排队向剧场走去,一问得知是一位知名的舞蹈演员在这里专场表演。工作人员邀请我参加,全场只有两个外国人,我被安排在离舞台很近的第二排的位置。在阿格拉时一直想去勒克瑙,去卡塔克舞的发源地感受这种舞蹈的节奏,机缘不巧没有去成,却在这里弥补了缺憾,东方不亮西方亮,运气就是这样。

这是一场南印的传统舞蹈——婆罗门舞,与卡塔克舞、卡塔卡舞、曼尼普利舞并称为印度四大古典舞蹈。这种舞蹈最初是在印度教庙宇里跳的,大庙里都会有一些"戴舞达

内"——神的女仆人,从小被送到庙里,一辈子不能结婚,唯一的"神圣使命"是给神献舞,取悦神明。

　　印度有句名言描述古典舞的特点,"手之所至,目光随之;目光所至,心灵随之;心灵所在,表情伴之;表情所在,拉斯伴之",舞蹈演员单手可以做出二十八个手势,双手可以做出二十四个手势,用这五十二个手势把丰富的语言和感情传达给观众。眼神、颈部动作和面部表情配合手势,再表达出爱情、诙谐、怜悯、英雄、

轻蔑、惊愕等九种韵味。一般是一名演员独舞,台侧是一名舞蹈教师、一条木丹和一个鼓手,一名吹笛伴奏者和一名小提琴手,他们共同协助演出。

剧院里观众落座后,先是主办方简短致辞,而后与一名披着白色披风画着浓妆的年轻男子——他就是今天的舞者,一同剪彩。侧面的伴奏乐声响起了,歌手一阵清唱,伴着乐声的节奏,演员从后台脚步轻快连续旋转到台中间开始表演。

眼部为了传神画了浓浓的眼线,服装简洁华美,脚踝上是装满金属铃铛的皮圈。乐声里的感情此起彼伏,演员的动作和面部也随之出现了喜怒哀乐,悲伤时俯地哀鸣满面忧虑,高兴时眼角微挑动作欢快,愤怒时目光清冷动作急促,独处寂寞时自斟望月……印度舞蹈通常表现的都是神话故事,有浓浓的宗教色彩,所有动作都是为了让神明感同身受,一展笑颜,所以,在有节奏的伴唱和变幻无穷的动作设计中,即使是表现生气的状态看上去都那么优美典雅。

我对印度的神话只懂皮毛,对舞蹈人也不太懂。对于一般人,一场舞蹈的好坏可以看演员的传达是否到位,是否有感染力,是否有共鸣就能评定了。舞蹈之所以有魅力,是因为肢体语言的情感表达比口头语言更明白更强烈,在观赏时无需看明白所有动作要表达的细节,演员的丰富表情和协助者的深情伴唱也能让我领会大概。无疑,这一场是成功的,长达三个多小时的舞蹈,没有人离席,我也专注在戏里。

In another India

匆匆一瞥，尽是留恋

寻找巨石

来海德拉巴之前，真如师傅告诉我这里的穆斯林民众最近游行闹得厉害，劝我改一下行程。但妹尾河童的《窥视印度》里说这里是巨石环绕的城镇，从他手绘的图案看去有点像是亨比，生性倔强的我因为对亨比的喜爱，对海德拉巴也有了莫名的好感，结果还是执意坐上了火车。

在印度的最后几天因为签证问题，只能匆匆地从南边赶往北边的瓦拉纳西，在海德拉巴也只能呆一个白天的时间。清早到达火车站，把行李寄存在站里，翻着那本厚厚的 Rough Guides，寻找哪里可以看到巨石。有时候我觉得自己的喜好真是奇怪到不行，石头有什么可看的呢，我却因为在亨比那个可以触天的迷人日落，而从此恋上了石头。

攻略上写着这里有座最大的私人博物馆，我觉得可能石头在来往的路上也可以看到吧。在路边喝一杯橙汁再外带一杯，坐着公车先去那里浏览。

萨拉江博物馆，它是世界上最大的个人古董和史前古物器收藏馆，由米尔尤索福阿里汗萨拉江建立的。花园式的巨大亭院，博物馆上下两层共有 33 个展厅，包括波斯地毯、蒙兀尔王朝缩略图、中国瓷器、日本陶漆器、著名雕刻品蒙面的丽贝卡、玛格丽特、诱惑者、上等翡翠制作的藏品、曾属于努尔加汗王后和江格尔皇帝及

◆融汇各种宗教的国度，在变换间，充满新奇

沙贾汉的匕首、奥朗则布的剑等许多令人难以置信的收藏品，汇集了东西方的艺术精华。象牙制品也有一个人展厅，曾在台湾故宫博物院看过的象牙套球，这里也有一对。象牙画也堪称极品，细腻的笔触在象牙上作画犹如在纸上那般生动流畅，用金粉线勾勒的细节逼真震撼。两层的博物馆，花掉我多半天的时间仍意犹未尽。

集市见闻

从博物馆出来后，往前走会走入一个很大的集市。在国外逛集市是乐趣无穷的，形形色色的小玩意总是让人爱不释手。做工考究的穆斯林服装和首饰在这里应有尽有，有些是从伊朗进口的宝石成色都不错，许多水果价格便宜，有一种长得像大南瓜的密瓜，口感既滑又甜，好想打包带走两个。

海德拉巴是穆斯林的集中区，许多历史悠久的清真寺至今仍开放着，穿着宽大黑袍的妇女们或者来做礼拜，或者坐在台阶上聊天喂鸽子。我看到她们，再回头看刚才的市集百象，画面是想象中中东的场景，远离了印度。在这三个月里，因为它融汇各种宗教的缘故，每到一个不同的地方，总有一种穿越的新奇感。

我没有看到大石头，博物馆的精彩藏品稍稍平息了一些失望，总以为河童先生把地方写错了呢，回来后一查，原来是自己没找对地方，这些石头在城堡附近，时间催着我离开，只好等下次再来印度行了。

海德拉巴之行，匆匆一瞥，满是留恋！

无声胜有声才最幸福

不可避免的骚扰

糟糕，我中招了。

先前朋友们说印度存在各种骚扰事件，没想到，在我快要离开印度的时候却发生了。

傍晚的时候坐上火车，进入三月份后北印的天气也开始转暖了，再加上背包奔走，一身汗水，厚重的棉衣只能拿在手里，穿着那件宽大的T恤衫在车厢门口的一号铺位上休息纳凉，等着天黑入睡。眼睛的余光瞥见火车侧面的下铺坐着一位印度年轻男子，衬衫紧紧裹在身上，最上面的几粒纽扣没有系，里面穿着男式吊带背心还露出浓浓的胸毛，坐姿也很奇怪，屁股悬在床边，双腿紧闭，脏兮兮的大脚套在不合脚的拖鞋里。看到他扮相猥琐，我有一种本能的反感，打算再凉快一会儿便穿上厚棉衣翻翻书本就睡觉。

事情还是始料未及地发生了。

男子迅速起身冲着我的右胸狠抓了一把，扭头就跑，由于转得太急没看清门的位置，他直直地撞在了门框上，估计撞得眼冒金星，在原地打了两个转才冲下火车跑掉。火车上这么多人，我一时呆掉，不知如何面对这种明目张胆的突发事件，再想到他把自己撞得连转几圈，既生气又好笑，冲着逃下车的背影愤愤地骂了一句中文："太爷的，别让我再看到你"。

在我身边坐的那位印度大婶闷声不响，只是无声地爬到自己的床位上，早就听闻印度女人遇事软弱的性格，也不指望她们能给我安慰了。列车还没有出发，一位乘务员来车厢查票，我把经过跟他讲了一遍，他缓缓地说，在印度这种事实在太多了，如果下次抓着他要交给警察。我心想，警察也只是睁一只眼闭一只眼吧，他们连强奸案都管不完呢。我也只能以此警戒，还好火车门帮我出了口恶气。

无声胜有声是最暖人心的幸福

在桑奇住宿很方便，只要不是佛家节日，火车站外百米远的斯里兰卡佛教社团是很好的选择，100卢比一晚，一张大双人床外加一个单人床，便宜又舒适。一位德国男生，已经在这住了一个多月，每天坐在院子里与工作的老大爷聊天，关系搞得很好，准时准点蹭社区的饭，他说再住十几天就去新德里然后回国。

傍晚时到村里的市场买食物，露天的菜场人群熙攘，他们看到我这个外国人在这里凑热闹都热情地打起招呼来，跟木瓜老板聊起了天，20卢比就能买一个两斤重的大木瓜，吃得饱饱的。看老板的耳环很别致，她便讲起了耳环的故事，那是她结婚时夫家送的，银

◆ 卖水果的阿姨讲述最平凡的浪漫

制环圈镶着宝石,戴了很多年,说起老公对自己如何体贴关切,她的脸上呈现出幸福的浅笑,还略带着羞涩!

印度原来也很浪漫啊,第一次听闻,而且是年过五十的阿姨的亲自讲述,没有轰轰烈烈的人生,这些平淡生活里相濡以沫的小细节,像一涓温润的泉水,无声胜有声,最是幸福暖人。

田园风光里的佛教圣地

在印度旅行真是少不了电热杯,自从在瓦拉纳西拉肚子后一直带着它,用来煮鸡蛋和方便面,面对印度每天非炸即咖喱的单调和

In another India

不合胃口，这些平日里都不喜欢吃的食物，在这里就变成了无敌的美味。热腾腾的面条外加一颗荷包蛋，再切点西红柿，简单的食物成了最奢侈的享受。不经行路之苦，怎能切身体会这些简单食物的美好，又怎能意识到藏在简单生活里的满足感呢？！

桑奇大塔整个建筑风格不同于之前见过的任何窣堵波，保存最完整的是北门，左右对称的浮雕图案挤满了繁密的人物、动植物和建筑物，建筑外观看上去像是一座细致精美的象牙雕刻，雕刻的故事也都是出处佛家典故。一位印度游客带我游览并介绍着每处背后的故事，直到离开时我都忘记了问他的名字。

在遗迹中有一面残破的城墙，站在上面可以眺望桑奇村的全景，绿幽幽一片望不到尽头，鸟叫声此起彼伏。如果这里不是佛教遗址，没有这么多游客喧扰的话，流连美丽的田园风光大概是很多人理想的生活吧？！

城堡墙上的那31个右手印

在大家族，快乐也是翻倍的

火车从中部渐渐向印度西部开去，绿意正浓的乡村风景逐渐过渡到干渴万里的荒漠，一株株干枝树上突兀地长着像树瘤样的疙疙瘩瘩，然后在其上面又再生出一点点新绿的嫩叶，像垂死的老人想奉献最后一点生命般的挣扎，燥热干旱的天气里还为牧羊人提供最后的阴凉。他们带着自己的羊群在树周围歇息，头顶上多彩的帽子和白色的服饰，是荒漠里唯一的色彩。它们形成强烈的视觉对比，很有冲击力，难怪那么多摄影师都把拉贾斯坦奉为摄影的最佳去处。

印度这个国家没有计划生育，因此绝大多数印度人都是兄弟姐妹众多的大家庭，经济负担极重，但大家族也有好处，过节或是外出时，凑在一起也比较热闹欢乐。我的铺位旁边以及车厢里其他的铺位几乎被一大家子包揽了，一家老小大概有五代人了。

年纪最长的爷爷是发号施令的，连小重孙都得乖乖听话。在火车停站时为了确保他们的安全，老人提前下命令，让大些的孩子集中下去买食物，其他人等在车内等候，食物一来，爷爷也不管了，大家分享着食物有说有笑。孩子们打打闹闹，除了遵守老爷爷那不准打扰外国人的命令外，庭院里几乎成了他们的游乐场。有一个大些的孩子羞怯地坐到我旁边，慢慢跟我聊起了天，说起他们一家人，其他家人也上前比划着讲着开心事，引来阵阵笑声。

下车时一家人轮流与我再见，并嘱咐到了焦特布尔不必担心，那里的人很好，白天出行，晚间早归，等等，看他们一家人说说笑笑的情景，我也有些想家了！

蓝城不忧郁

突突车把我送到旧城区的 Discovery Guest house，第一眼看房间就迷上了这里，整个房子的墙壁都画着拉贾斯坦风的壁画，房间的门上也画着。墙上挂着当地的披巾作装饰，被子枕头都绣着当地的图案，充满了异域风情，干净整洁，还有免费的wifi。洗完热水澡后觉得好满足，端着又甜又大的紫葡萄，坐在阳台的椅子上俯瞰整个焦特布尔。

都说焦特布尔是印度的忧郁蓝城，但我觉得它一点都没有忧郁的样子。晚上像是穿着上蓝下白库尔塔的邋遢贵族，在侧卧睡觉时安静，白天醒了就在闹哄哄的市集里，向游客展示昔日的荣光。大声吆喝的小摊贩就是他的发言者，数头牛在钟塔边咀嚼边排泄，它们更不会忧郁。遇到一位公司外派到印度监督工程的山东青年，聊起这里的工作，他感到枯燥，抱怨了一大通印度的坏现象，脏乱里看不到任何他想象中出差的美好。我想把自己遇到的趣事讲

给他听，想了想又打消了，因为他对印度的印象已经病入膏肓，我这一点小积极压根提不起他的兴趣，听他的经历倒使我在焦特布尔看到了忧郁。

身同焚者以表忠烈

从住所出来沿着小巷找到通往城堡的小路，在一些关键的拐角都会有标示，小路上去就是梅和拉加城堡了。这座城堡是印度唯一有中文解说的景点，从战争讲到建筑，讲到宫廷生活，每一处都讲解得非常详细。宫殿的一所小房间里有位宫廷古典乐师的后代也成了音乐家，现场弹奏的音乐像印度细密画般神秘，又像一桩诉不尽的历史故事，此起彼伏，幽远动听，我和几位欧洲人听得入迷，买了几盘碟片纳入囊中。宫殿的奢华自不必说，琉璃窗户，贝壳粉的墙，我最感兴趣的那一处是印了31个右手印的墙。

印度种姓制度的残暴在前面也提到过，这里说一下它对寡妇的苛刻吧。印度女人一旦死了丈夫就等于失去了做人的权利，不准再穿带花色的服装，不准佩戴首饰，只能

In another India

Jodhpur
焦特布尔
寡妇跳火殉葬习俗——城堡墙上的那31个右手印
photo by zoe

终生干繁重的家务，忍受家人的斥责，失去了快乐和享乐的权利，有的地方要求她们剃成光头阻止改嫁，更甚者，流行寡妇殉葬，即

所谓的"斯迪"习俗。丈夫死后,在焚烧丈夫尸体时,妻子跳入火中,由亲生儿子举火点柴,活活烧死。亲友子女对此不畏惧反而表示庆贺,印度人认为妻子永远从属于丈夫,死掉也该随他而去才能表示忠贞。另外留下妻子生活困苦难过,死去反比活着好受些。有的地方婆罗门为了维护印度教,保持妇女的贞节血统,要求殉葬全部听从行政命令,想把寡妇从社会清除掉,因此更使得寡妇们相信这种惨无人道的迷信,成了"获得天堂门票"的一种途径,于是也就越发变本加厉,骇人听闻了。

梅和拉加堡城墙上的这些手印,据史实讲,是当时的邦主过世后,王后妃子们留下的。她们洗完澡换上新衣戴好首饰,来到火葬场脱下衣服把首饰扔入火中,穿一件单衣跳入烈火,身同焚者。她们用忠烈的方式,求得今生流芳青史,来生再享荣华富贵。

最初这种习俗就是先从王公贵族里流行起来,而后才普及到社会民众的,虽然现今已废除了陋习,但是文化改革最先要做的是解决文化落后难题和提高教育水平,对于印度来说,恐怕还需要时间。

In another India

沙漠里最美好的体验

你必须得退钱

在车站时遇到 Taisal View guest house 的工作人员来接乘客，我顺便跟着也住到了这里，一晚 100 卢比的大床房，有热水有 wifi，天台还有视野开阔的观景餐厅。

之前遇到两个日本人，他们推荐来这里参加一种只有两三个人的小型团，比较有趣。听了建议，在老板介绍几种不同的项目时选了国际友人的推荐的，报价 2800 卢比，真心贵啊，可为了看到在明信片店里骆驼节时装扮华丽的大眼萌货们，还是痛下狠心。

晚饭后与几位欧洲游客聊天，互相说起了去 SAFARI 的趣事细节，顺带提到了价格，其中有几位说当地价格最高只有 700 卢比，而我和另外二位都交了比这高几倍的钱。按理说既已签定了协议，哪怕是价格不合适，是没有理由再去反悔的。另外三位游客觉得这位老板太黑心，而我因为计划里不能再返回新德里或是孟买去取钱，剩余的卢比撑到出境很紧张，索性也跟着去凑热闹。四个人还有一些其他看热闹的游客一起找到老板，列出种种原因指责老板的不合理

◆金黄色的岩石雕刻而成的建筑，风格独特，夕阳照耀，一片金黄

乱收费，晓之以理动之以情说得有理有据，脸上客气地写着"你必须得退钱"，旁观者们一起起哄，我站在一边倒成了个打酱油的，想说句话都被拦回来。

人多了，直的也能掰歪，真理也会变了立场。老板寡不敌众，坐在办公桌前默不作声，真变成理亏的一方了。苦撑了一个多小时，无奈之下老板闷闷地答应了退钱的要求，每人 1500 卢比。

恰巴提变成黄沙饼

第二天一大早，与同行的两位挪威人坐着越野车向沙漠出发了。路过的每一个村庄都只有几十户人家，酷热的天气下，只能看到一两个零星的村民在村里走动，司机兼职当起了导游，为我们讲起了当地的风土人情。

以前骑过许多品种的马，也骑过羊，骑过大象，骑骆驼还是第一次。司机帮我们把头巾绑成阿拉伯人的样式，在缅甸买的雷朋眼镜这时派上了用场，三个人一秒钟变成了不专业的阿拉伯使团，骑在骆驼上摇摇晃晃走进了沙漠，远处有几只野孔雀挺立村边的枯树下。

时间尚早不用急着赶路，便边走边观赏沙漠。它的脚步从容笃定，我在它背上随着步调一前一后地晃动。远远地，在望不见尽头的黄沙里，因为天气太热沙土的表面有一层氤氲的水蒸气，越是盯着它看眼睛越是迷离，使劲揉下眼睛才缓过神来。这里的骆驼没有明信片上那般华美，背上的驼鞍褪去了颜色，破旧简朴，虽然如此，

◆与两位挪威人合影,一秒变阿拉伯人,骑着骆驼去探宝。

◆手捏的恰巴提,被我变成黄沙饼

看着骆驼那双长密睫毛下水汪汪的大眼睛,还是忍不住地抱着它的头摩挲了很久,真的很可爱啊!

走了许久,到达沙漠腹地的营地,这里离巴基斯坦的边境不远了。两位向导喂完骆驼开始准备晚餐,我图新鲜跟着他们做起了印度菜,恰巴提不用擀面杖,用手捏几下笨拙地学着向导的样子拍打再甩几下,结果一不小心把面饼甩到了沙子里,拎起来成了黄沙饼,惹得众人大笑。他们把土豆切成小丁加上胡萝卜、青豆和咖喱粉,咕嘟咕嘟地煮成一锅咖喱糊,配上饼和米饭就是一顿晚餐。沙漠里有啤酒喝哦,40卢比一瓶,还有西边染红天的落日陪你浪漫野餐,简直美不胜收!

我见过的最美星空

晚饭后向导牵着骆驼带我们去巴基斯坦的边境溜达,黄沙漫地,一线之隔两个国家,我们只能遥望一眼便往回赶,向导谈起了自己的生活。他家住在沙漠

In another India

深处贫瘠的小村庄，生于此长于此工作也离不开这里，很久才回一次家。常年工作在外至今未娶妻生子，沙漠的烈阳在他25岁年纪的脸上刻满了皱纹，像40岁般老成。又说起自己的愿望，他最想存钱去泰国旅行，他说在新闻里看见泰国的风景很美，最重要的是人妖更美，泰国人妖果真名不虚传。

最美好的体验是躺在夜晚凉爽沙漠里看天空的经历，那是我见过的最美丽的星空。墨般的夜空里，银河蜿蜒，晶莹透亮，星光璀璨密集，它们比我家乡的星星更亮更近。看到美丽的星空，我不由得兴奋起来，身体摆成个大字，像达·芬奇的维特鲁威人般，四肢反复上下活动把自己画在了圆中间，把向导拿来的啤酒打开，用手机播放着自己喜爱的音乐，在静夜里声音不大却传得很远很远，堪比3D立体般的声乐体验。

就这样，躺了许久，滑一会沙，才恋恋不舍地回去睡觉。

营地的单人床有个大洞，尽管向导垫了许多床棉絮，睡觉时还是会掉到洞里，整晚的睡姿是个大U形，时醒时睡，醒时看会星星，然后被催眠似的入睡，反反复复。早晨迷糊中吃过炭火烤的糊面包片，在回程路上一直想起昨晚的星空和体验，感受还久久萦绕在脑海里。

整个杰伊瑟尔梅尔是沙漠样的黄色，印度人给它起了个美名"金色之城"，是游人必去的地方。城堡里仍住着居民，许多游客都会选择住在城堡中体验民风，精雕细琢的建筑在黄昏夕阳的照耀下，披上霞光的城堡是名副其实的金色，那也是城堡最美丽的时刻。

In another India

12年一次的大壶节

美白霜，赤裸裸的欺骗

这是印度的最后一站了。

清晨到达火车站，一溜烟跑到女士候车厢，匆匆洗过澡换了衣服，坐在椅子上看那些依然在沉睡的乘客和开始洗漱的女人们。印度人出行像是把家缩小后放到手提包里，一打开吃喝穿睡应有尽有。几位印度妇女慢悠悠的洗完澡站在包前，拎出一小瓶头油倒在手心，抹在头发上，一缕不落光滑齐整；再拿出护肤品，只是一罐印度产的润肤霜，上面写着美白润肤的字样，挖一点涂在黝黑的脸上，看着她们，我有种严重被欺骗的感觉，生成这样再怎么看也白不过来啊。印度人因为种姓制度、印度教义以及其他民俗而形成了以白为美的追崇，在大多数的护肤品店都能见到这类的美白产品，只不过满足一下消费者的这种心理，至于作用是可想而知的。

在路上遇到一位欧洲旅人，他说别看印度的街道脏得没法下脚，其实印度人很注重个人卫生，因为印度教义里对等级的规定包括注

◆清晨的洗浴最神圣，越干净，罪孽越轻

重卫生这一项。一个人越干净就表明罪孽越轻,在瓦拉纳西恒河边沐浴,印度南部门前画的卡拉姆,都是表现清净的重要方式。

只见候车室里的妇女们边褪去身上的纱丽,边用干净的纱丽遮挡,一圈一圈地把自己包起来,既未暴露半分又得体地完成着装,穿纱丽这么繁琐的程序,她们在日复一日里练得异常娴熟,而我只需穿T恤,有时两三天才换一次。我没有研读过印度教典,只见识过印度的脏乱,凭着多日在印度火车站的经历和与当地人的聊天,我对那位旅人的观点虽不能完全赞同,但我想,印度本来就是矛盾的结合体,卫生差劲也就无可厚非了。

既来之,则试之

时间已经接近了大壶节的尾声,但依然人山人海,来之前许多朋友说起开幕时的踩踏事件,劝我直接回瓦拉纳西出境。12年才有一次的盛会,下一次还不知自己能否有幸再来,照我的执拗性格,肯定不会错过它的。在离开印度之前,去抓住它的尾巴,目睹一下盛况。

安拉阿巴德这座城在印度教里叫圣城,但对游客而言名气远远小于旁边的瓦拉纳西、克久拉霍等地,如果不是赶上大壶节(The Kumbh Mela),我与它一定是失之交臂的。它位居恒河和亚姆纳河汇流点,每隔12年在这里举行一次盛大的聚会,无数信众从全国各地赶来,在河里沐浴,祈求洗清身上的罪恶。

在火车站梳洗完毕,天未亮就坐了辆突突车去河边,城市的街

◆在恒河与亚穆纳河交汇处的阿拉哈巴德,是此次大壶节的举办地

道人星寥寥,灯光把人影拉得很长,但越接近河岸人就变得越多了起来。在河边遇到一位从印度北部列城来的男士,便拼船去两河交界的地方。据说在太阳初升时沐浴,清洗罪恶的作用愈强,我不是印度教徒,对此仪式的兴趣点在于看别人洗浴和拍照片。印度男子说,哪怕不是印度教徒在这里沐浴,也可以起到保平安的作用。

既来之,则试之,我用手掬了一捧水,有些冰凉,点了额头浸过面,也算是受洗了吧,周围的印度人看着我的动作大笑,一直怂恿我,站在河里去体验,做一回真正的印度人。不过凉水洗面倒是真起作用了,没睡醒的双眼顿时有了精神。

船划至岸边,沙石袋堆砌的河岸上铺满了大片干草,吸水防滑,草垫上是密如行动蚁团的人群。多数都是家庭出行，条件好的住在城里，稍差些的就在河边支个帐篷，一住好多天。各个出入口都站满了士兵，还有不断巡逻的警察确保安全。

我穿梭在人群里，边看边拍，许多苦行僧站在河边沐浴，有时唱起歌跳起了舞，一个接一个连成一片。人们散去，印度信徒们有的奔到河里，脸上满是笑容，仿佛河水真的会清洗掉身上的罪业，只留欢乐在世间，笑度余生；有的则先捧起水对着初升的太阳虔诚地祭拜一番，动作轻缓，似乎朝阳和河水会为他带来新生。沐浴后，点一盏花灯，载着愿望随水漂向心里的天堂，再把衣服洗净，晒在岸边的空地上，望着河水吃午餐。

◆河岸的信仰

大多数的苦行僧为练就透视力或读心术，会吸食大麻，在麻痹的幻境里达到某种精神修持，看到他们聚在一起，有的四肢乱舞，动作诡异，我站在他们圈子里很久，却无法理解他们如何能进入自己心目中的不朽世界。还有许多小孩装扮成印度神话里的各种形象，追着要人合影讨钱，我也站在后面远远地看他们，扮相都很像模像样，不知道被扮的神明们知道小孩们用此乞讨会作何感想。

再见，印度

在南部马都赖时送别朋友时，互相拥抱，她说自己第二天离开印度时一定会哭，离开了也会特别想念，我想我也是的。晚上从安拉阿巴德回到瓦拉纳西，一想到第二天就要离开印度了，我就心情低落，签证还有一天，仍对印度依依不舍。

到达印尼边境准备过关时，顾不得自己灰头土脸回头看了它好几眼，像电视剧镜头一样煽情。在尼泊尔蓝毗尼遇到一位台湾女孩，比我早几天离开印度，讲到她离开时的情景，居然比我都伤感，离开前一晚她独自哭了好几回。

印度，我还会再来的！它就像一个精神乐园，一次又一次地颠覆你的世界观，它会给予你迥然不同的收获。

再见，印度！